U0627284

大英图书馆

·侦探小说黄金时代经典作品集·

帕洛玛别墅的秘密

DEATH ON THE RIVIERA

[英] 约翰·布德 著

夏彬彬 译

中国青年出版社

序 言

———

　　《帕洛玛别墅的秘密》将警方对一个假币团伙的追捕和一桩精心策划的神秘谋杀案巧妙地合二为一。约翰·布德让笔下系列作品中的那位温厚和善，但坚定果决的著名侦探——苏格兰场的梅瑞狄斯高级督察和他热心、年轻的老朋友——弗雷迪·斯特朗警长组成搭档，前往法国南部，与当地警方开展联合行动。法国警方正在为里维埃拉泛滥成灾的1000法郎假币头疼不已，他们根据证据认为，该假币团伙的首领是一个英国人，而那些做工精湛的伪钞则出自一个外号"白皮"的英国雕版师之手。

　　故事从两位警探与同往里维埃拉的英国人比尔·狄龙的偶然相遇开始。当然，不久后他们在芒通再次相遇。芒通是地中海地区一个靠近法意边境的美丽小镇。比尔正前往位于芒通的帕洛玛别墅，别墅的主人名叫内斯塔·海德维克，是一位富有的寡妇，经常往返于英法之间。她的身边汇集了一众形形色色的房客，其中包括她的侄女迪莉斯，神秘的托尼·申顿和他的女朋友姬蒂·林登，还有一个叫保罗·拉图尔的艺术家。帕洛玛别墅里的大多数房客有着不可告人的秘密，而比尔的到访成了谋杀的催化剂。

《帕洛玛别墅的秘密》首版于1952年，那时约翰·布德已经差不多以大约每年一本的速度出版侦探小说20年了，正值他的创作巅峰。多年的写作经验和信心让他毫无破绽地将多个故事情节融合在一起。小说生动地再现了里维埃拉的生活氛围，人物形象鲜明而生动，凶手用以蒙蔽警察的装置机构也是精巧绝伦。总之，布德是个讲故事的高手，整部小说从始至终都如行云流水。

约翰·布德向来重视故事背景的设定，写作生涯的初期，他通常将谜案设在英国那些风景迷人的地区，如康沃尔、湖区、苏苏塞克斯和切尔滕纳姆等。到了二战后，由于配给制的实行和经济的紧缩，他意识到读者渴望接触一些异国风情，于是就有了这本《帕洛玛别墅的秘密》。

但是，约翰·布德究竟是谁呢？

今天，关于这位曾经的畅销作家的文字资料少得可怜。在1980年首版的《20世纪犯罪与悬疑小说家》中，他曾获得了一席之地，但在后来的版本中被删除了，仿佛昭示着他的时代已经一去不返。所幸，大英图书馆的"侦探小说黄金时代作品集"中收录了他的作品，他创作生涯中的前三部作品在这个系列中销量极佳，这也重新引起了公众对这位作者及其作品的兴趣。这里，要感谢他的女儿珍妮弗，是她提供的信息让我们能将这位被遗忘的作家重新带入公众的视野。

约翰·布德原名欧内斯特·卡朋特·埃尔莫尔（Ernest Carpenter Elmore, 1901 ～ 1957）。起初，他用本名创作了一些书名奇怪的作品，如《钢蛆》（1928）等。其早期的侦探小说均由一家主要做图书馆馆配的小公司——斯基芬顿出版，因此那些早期版本的图书现在已经散佚难寻，一旦进入收藏市场也是价值千金，炙手可热。在与另一家以馆配为主的黑尔出版社进行短暂合作后，他的出版商换成了卡塞尔，后来又换成麦克唐纳，这也显示出了他逐步攀升的市场潜力。布德曾向珍妮弗透露，自己"一个词能挣六便士"，这样的收入也足以使其全身心投入创作。虽然没能入选著名的"侦探俱乐部"——这个俱乐部当时由多萝西·L.塞耶斯主持工作，对会员的入会标准极其严苛（有时甚至剑走偏锋）——但他也获得了同行的充分肯定。约翰·克里西于1953年，邀请其成为"侦探小说作家协会"的创始成员之一。

布德年轻时养成了周游欧洲的爱好。晚年时他抓住一切机会，带着妻子贝蒂和女儿珍妮弗去往欧洲大陆，尤其是他钟情的法国。旅居法国的大部分时间里，他们都住在勒图凯（由此诞生了1956年出版的《来自勒图凯的电报》）或巴黎。闲暇时，贝蒂会开车带他们去里维埃拉（布德一辈子都没能学会开车），而他们最喜欢的目的地——对这本小说的读者来说并不陌生——正是芒通。对于巴黎，布德特别喜欢蒙马特，因为那里有他喜爱的歌剧和芭蕾。

珍妮弗回忆，父亲总会在旅途中做笔记，顺便收集当地的文学作品。他是一个善于交际的人，喜欢和途中遇到的人聊天——即使最随意的谈话也可能会给这位小说家带来灵感。他同样满足于坐在咖啡馆里看着周遭世界周转，让自己的想象力肆意漫游。回到家后，布德每天早上写作，下午运动——通常是园艺、散步或打网球。早早吃过晚饭后，他又继续写作，一直写到晚上9点，之后收听新闻。布德所有的书稿都是先手写，再用打字机打出来，他只会用单手打字。如果天气晴好，勤勉的布德也会给自己放一天假，去海滩或者附近逛逛。一旦一部小说交了稿，他会先休个假，再着手写新书，而假期的经历往往会在他丰饶的脑海中播撒下新的点子，《帕洛玛别墅的秘密》便是这样创作出来的。

英国警衔说明

由于"侦探小说黄金时代"系列小说的故事发生地主要在英国，书中机警睿智的侦探也以英国警察为主，所以在读者阅读本书之前我们先对英国的旧时警衔和称呼做一些简略介绍，以便读者更好地理解小说背景。

英国的旧时警衔主要分为5等（从高到低）：

警察总监（Chief Constable）；

警司（Superintendent）／总警司（Chief Superintendent）；

督察（Inspector）／总督察（Chief Inspector）；

警长（Sergeant）；

警员（Constable）。

伦敦以外地区的警署还有以下几种职级（从高到低）：警察局长（Chief Constable）、警察局副局长（Deputy Chief Constable）、助理警察局长（Assistant Chief Constable）。

另外，对于担任刑事调查部门或其他某些特别部门职务的警务人员，一般会在他们的职级之前加有"侦探（Detectives）"前缀，本书中译为"警探"。此类警务人员由于职责性质特殊，所以一般不穿制服，而着便衣执行任务。

在警务人员的升迁或训练等临时过程中，他们的职级还会加有"实习（Trainee）""临时（Temporary）""代理（Acting）"的前缀。

目　录

第一章

南法任务

I

比尔·狄龙竖起粗花呢大衣的领子，将手在口袋里插得更深了。现在是凌晨5点，在二月下旬这样一个严寒的清晨，被轮船抛在混乱又冷飕飕的码头上，可真是够瞧的。海关的院子里依次排着十来辆车，等待那一小群官员的眷顾，此刻他们正在护照处旁边的灯泡下整理着证件。海面上，载着来自巴黎汽车的夜间渡轮逐渐逼近、显形，轻摇着划破星空。海岸上，几排路灯和二十来扇亮着灯的窗户，便是港口后方那座破败不堪、满目疮痍的小镇全景了。

比尔点上一支烟，开始来回踱步，脚步声在石径上回响，他的思绪也四下回荡。回想起将近十年前的那个夜晚，那是他最后一次看到敦刻尔克。许多支离破碎的片段像膛口焰一样从记忆中喷涌而出：整座城市就是满目红光、火光冲天的炼狱；闪闪发光的曳光弹网布满整个海面和沙滩；炸弹绽放出橙色的光；喧嚣；高温……对危险的漠然其实源于疲倦，它能麻木恐惧。作为这架残酷机器上一颗疲倦、顺从的齿轮——南岸第六郡的一等兵①狄龙——成了敦刻尔克奇迹中的一粒微小尘埃。

身侧响起了拖沓的脚步声，还有一声轻咳。

"先生，有什么要报关的吗？"

比尔一激灵，从遐想中回过神来。

"没——没有。"

睡眼惺忪的官员从车门探进头去，拧亮手电筒在车厢里照了照。接着打开了轿车的后门，弹开手提箱没上锁的扣子，老练地轻轻摸了一圈。然后转过身来，试了试后备厢的把手。

"请……先生。"

比尔拿出一串钥匙，打开后备厢。里面是些常见的私人物品——几双放不进手提箱的鞋子、一个帆布背包、一个军用防毒旧斗篷、一罐半加仑的油、掸子、抹布，还有脚踏泵。海关职员扫了一眼物品，点点头，小心地合上车

---

① 英国陆军中的暂时代理下士，任职期间军饷不增加。

盖。一切都很有礼貌，也很敷衍。

"*谢谢，先生。*"

"行了？"比尔问。

法国人笑容满面。

"*是的，是的，先生——行了！行了！*"他朝看不见的法国腹地挥挥手，"*走吧，先生！一路平安。*"

"谢谢。"比尔说。

比尔松了口气。并不是说他有什么隐瞒报关的，而是车上有样东西可能会引发议论。一旦引起了官员的兴趣，就可能需要一个解释。这么一大早，比尔可不想和一个英语水平显然有限的人讨论技术问题，因为他无论如何也不可能领会解释里的细节。

II

离开码头后，比尔意识到这二月苦寒的凌晨并不是离开敦刻尔克的理想时间。毫无疑问，在那场灾难发生前，碎石堆间*曾*有一条通向远方的路。但现在什么都没有了，眼前一片混乱，只有满是危险坑洞的小路在铁路网和被夷为平地的建筑物之间漫无目的地蜿蜒。

过了一会儿，比尔不知所措地刹住车，研究起地图来。路线途经的第一个大城市应该是卡塞勒。可究竟该怎样才能告别混乱，开上正确的大路呢？到目前为止，他一个路标都没看到。以前的那条路他记得很清楚。如地狱一般的狭长小道一路向下，在那里，节节败退但仍无惧无畏的英国远征军突然得到了救赎。坐在从战前一直开到现在的斯坦X系汽车里，那场梦魇里的绝望无助之感再次攫住了他……记忆的创伤从未真正愈合过。

耳边响起一声急刹，一辆黑色的小跑车滑到他边上停下，一个人从车篷下探出头来。

"不好意思，先生……去卡塞勒？"

比尔虽不是个语言学家，但还是很快发现他们是难兄难弟。他笑了：

"别问我！我也要去同一条路，可连块该死的路牌都看不到。"

"你也是英国人？有地图吗？"

"当然。"比尔答道。

"我也是。咱们打开前灯看看吧。"

比尔瞥了一眼加入他的这个人——高大健壮，鹰钩鼻，言行间的果决标志着这是一位行动派。他暗忖，这是个在紧要关头靠得住的家伙。这位路人还有个同伴，没戴帽子，穿着束带雨衣，脖子上挂条长围巾，很年轻，但同样体格健壮，他对年长那位似乎表现出下级对上级的尊敬。

就在他们茫然无措之际，显然引起了一个穿着破旧大衣、头戴普通蓝色贝雷帽的早班工人的注意，他跳下自行车，朝他们走来。

"*先生们，需要帮忙吗？*"

比尔用磕磕绊绊的法语解释说他们急于找到去卡塞勒的路。

"啊！那简单，先生。跟我来。我骑车带路，你打开车灯跟着我就好。"

10分钟后，那位像疯了般蹬车的好心人放慢了速度，使劲挥挥手，指明了他们要走的路。比尔探出身子大声道谢，并回头瞥了一眼，看第二辆车是否跟在后面。几百米后马路渐宽，有一小段时间两辆车并驾齐驱。

"你还好吧？"比尔喊道。

"是的，谢谢。"

"你要去哪儿？"

"巴黎！"对方喊回来，"你呢？"

"第一站先去兰斯，然后顺着罗讷河谷一直到蔚蓝海岸。"

"祝你一路顺风，满载而归。"

"谢谢。你也一样。"

黑色小跑车一声轰鸣，突然加速。一辆卡车带着一副自鸣得意的恼人神气，在高速公路中央笨拙地蹒跚前行，小跑车几秒钟后就消失在了大卡车前面。

Ⅲ

苏格兰场刑事侦缉部的督察梅瑞狄斯转向他的同伴，不无讥讽地说：

"看在上帝的分上，别紧张，孩子。我不会撞车的。"

"这里的车都靠右行驶，长官。我还不太习惯。"

"你会习惯的……再开一千公里就好。"

"对了，长官——你为什么跟那家伙说我们要去巴黎？"

"出于职业习惯的谨慎，斯特朗。记住，我们是来执行任务的，把自己的目的地广而告之毫无意义。"

"但可恶的是，长官，他也是去里维埃拉的。我们很可能会再遇上他。这看起来就有点可疑了，不是吗？"

梅瑞狄斯笑了。

"斯特朗，黄金海岸线大约有80公里长。要是我们*真能*再碰上，那就太巧了。总之我都怀疑他是否还能认出我们。"

"这家伙不错，长官。橄榄球赛的抢球好手，对吧？我敢打赌，我一定能在德比马赛日的人群中认出*他*来。"

"认不出来你就该被炒鱿鱼了，"梅瑞狄斯直言不讳地回敬道，"别忘了你是受过专门观察训练的。我或许会错认，但我觉得你识别人脸的眼光真够毒辣，所以警务处助理处长才会把你放出来。"

"多谢夸奖，长官。但是我真希望你能——"

梅瑞狄斯打断话头：

"你想知道这究竟是怎么回事对吗？没问题，警长。我觉得也该让你掌握情况了。"梅瑞狄斯一只手离开方向盘，从运动夹克的内袋拉出一个钱包，扔在了斯特朗的膝头。"第一层里有张照片，把它拿出来仔细瞧瞧。"斯特朗的好奇劲上来了，遵照梅瑞狄斯的话把照片拿近端详起来。他立刻认出那是苏格兰场里警方掌握的罪犯的公开相片——常规的两张侧面照和一张正面照。"知道是谁吗？"

"不知道，长官。"

"那张垂头丧气的脸叫汤米·科贝特，是个小矮子——因为皮肤死白，他的朋友们都叫他'白皮'·科贝特。他是当今世界上最伟大的艺术家之一，斯特朗。"

"是个画家吗，长官？"

"不完全是。小兄弟，他是位雕刻师——一位纸币雕刻师。"

"你的意思是，他是个造假币的？"

"没错。这是我们遇到过的最强对手之一。就在战前不久，出自他手的五英镑假币在伦敦西区泛滥成灾，他也因此被捕，判了6年，大约4年前出狱。有段时间，他出没在东区那些以前常去的老地方，我们出于一贯的职业乐观主义，以为他已经改邪归正了。然而就在18个月前，他突然销声匿迹。"梅瑞狄斯打了个响指，"啪！就像这样。大家都很清楚，'白皮'不会无缘无故就深居简出的。我们确信他这是又开始'工作'了。但关键是，在哪里？幕后老板是谁？"

"现在您知道答案了吗，长官？"

"6周前，我们从尼斯警方那里得到消息，有个顶级的假币团伙在里维埃拉一带的城镇活动。你知道那套把戏吧？英国游客急于突破100英镑的旅行限额，而乐于助人的骗子也愿意伸出援手。正常的汇率大约是1英镑兑980法郎，黑市的汇率则大约是1比780。骗子们每兑换一英镑就能赚大约200法郎。这钱来得太容易了，斯特朗，即便算不上暴利。"

"可这个'白皮'·科贝特，"斯特朗仍在寻思，"是怎么掺和进来的？我没明白。"

梅瑞狄斯轻声笑了。

"正要说到他呢，但有些细节我还是想让你先了解一下。这些掮客也收伦敦银行的支票，明白吗？他们不得不如此，因为每个人只能带面值为五英镑的纸币出境。这些贩子有办法把这些支票偷运到伦敦去，然后尽快兑换成现金。就是这样。但法国警方最近发现了一个更复杂的情况。里维埃拉沿岸出现了大量面值一千法郎的假钞，他们很快就查明其中一部分是我们那无知的同胞炮制的，假币贩子靠在黑市上卖法郎来骗国库的钱。长话短说，他们在用假币支付1英镑兑换的那780法郎。这样的话，每兑换1英镑就能赚取980法郎的利润，只需扣除日常开支，可能还有'白皮'·科贝特的佣金。"

"可法国警察到底是怎么知道这些假钞出自'白皮'之手的呢，长官？"

"他们不知道，我们一开始也没发现。出于例行公事，我们请了英国的假币专家对其中的一个样品做了鉴定。专家们一眼就认出了'白皮'的手法——一些技术上极为精微的细节，在他之前的所有作品中都出现过。这就是我们要在这个寒冷清晨南下的原因，小伙子。我们要四处打探，眼观六路，耳听八方，直到找出'白皮'的藏身之所。咱们是应法国警方的要求而来的。所以好好看看那照片，一直看。我希望你把'白皮'的面部细节牢牢刻进脑海里，斯特朗。这对我来说容易一些，因为我见过'白皮'几次。事实上，他1939年入狱的那次抓捕行动就是由我负责的。"

弗雷迪·斯特朗警长小心翼翼地将照片放回上司的钱包里。那么，就是这项神秘任务出其不意地把他从伦敦的阴郁里赶出来，现在又带着他一路向南，驰向地中海沿岸的温暖与灿烂。督察居然选了自己担任助手，真是太好了，整个刑侦部里他只愿意为梅瑞狄斯效劳。他诚恳地说：

"我会竭尽全力不让您失望的，长官。"

"那是自然，警长。不过我还没说完。'白皮'不是我们此行唯一的目标。法国侦探们还高度怀疑这个假币案是由英国团伙操控的，或者至少是在由英国人管理。重点在于这些人可能在苏格兰场有案底，这就是我们被叫来帮忙的第二个原因。"

弗雷迪吹了声口哨。

"我们的任务还挺重啊，长官？"

梅瑞狄斯点头。

"不管怎样，咱们有的忙了，小伙子。你的弱点是什么——酒、女人还是音乐？"

"音乐，长官。这是我目前的薪水唯一能负担得起的坏习惯。长官，您想听我唱首《日与夜》吗？这可是上次'警届音乐会'的热门曲目。"

"上帝保佑，可别！"梅瑞狄斯猛吸一口气。

第二章

帕洛玛别墅

I

内斯塔·海德维克穿着一件褪了色的粉色和服,仰面躺在帕洛玛别墅阳台上的*藤椅*里小口喝着番茄汁。她身后是褪了色的粉色墙壁,地势陡峭的花园里草木繁盛,三棵高大的棕榈树拔地而起,将叶影投射在墙上。爽净的空气中弥漫着香水草和含羞草的甜香;晴空万里无云;小镇地势稍低,从镇上的红屋顶上方瞥去,大海是极炫美的一片蓝。

但内斯塔对如此胜景却熟视无睹,都太熟悉了,也太千篇一律了。她轻微暴突的双眼充满嫌恶地盯着那杯番茄汁,不寒而栗地想起自己为了维持身材,前后往肚子里灌了多少加仑这样的恶心玩意儿。如果没有体重计给她添堵的话，她的生活堪称完美：家道殷实，在芒通有一处优美的别墅，交游广泛，健康状况极佳，富有幽默感，吃喝玩乐的本事更是不在话下。而她的丈夫，一位成功但脾气暴躁的股票经纪人，在世界大战期间死于食物中毒。过去的12年里，内斯塔就在格洛斯特郡的云雀山庄和芒通的别墅里度过。自从守寡以来，她的体重稳定且恼人地节节攀升。她什么都试过了——从震动按摩到韵律操，从跳绳到瑞典式肌肉体操，从土耳其浴再到最变态的节食，减肥的信念从未减退，疗法换了一种又一种，她也乐此不疲。但一切都是徒劳。浴室体重秤的指针就像时钟的分针一样，缓缓爬过表盘，从不回头。内斯塔感觉那个时刻就要来了——她已经做好准备——放弃希望，随心所欲地进食……以后，叫身材见鬼去吧！

　　然而，当外甥女迪莉斯穿过落地窗来到早餐桌边时，她的自尊心还是被嫉妒刺痛了。迪莉斯瘦削挺拔、被晒黑了的身形完美地让那件昂贵而简约的罩袍显得物有所值。内斯塔招手以示欢迎。

　　"早上好，亲爱的。睡得还好吗？"

　　"挺好，谢谢您，姑妈。我恐怕下来得太迟了。"

　　"迟的又不止你一个！"内斯塔皱眉哼了一声，趁迪莉斯开始给葡萄柚汁加糖的时候，她倾身向前，故作神秘地补充道,"亲爱的,她必须走!真的!她跟着我太久了,占尽了我的便宜。你说对吧?"

迪莉斯叹了口气。姑妈的女伴皮利格鲁小姐,受非议已经不是一天两天的事了,迪莉斯深深地同情这位坚韧、可怜的女人。在她看来,任何一个能十五年如一日地忍受姑妈那暴风骤雨般性子的人,都有资格获颁一枚金质奖章。她安慰道:

"可怜的皮利——她已经很尽力了。我觉得她就像你的宠物,没了她,你会很失落的。"

内斯塔反驳道:"我觉得她在酗酒!"说着猛地转过头,"啊!你总算来了。我正跟迪莉斯说你酗酒呢,我说得对吗,皮利?"

贝莎·皮利格鲁小姐向自己的雇主挤出一丝干笑,像只受惊的螃蟹一样侧身挪进自己的藤椅。她谄媚地笑着说:

"亲爱的,你又开玩笑了不是?"接着愉快地补充了一句,"多么美好的早晨啊,我起得这么晚真是罪过。"

"是无礼才对。"内斯塔纠正道,"我想看《闲谈者》①,特别想看。杂志就近在手边,皮利给我拿来了吗?根本没有!她睡过头是彻夜纵情饮酒的后果!"受到这种恶毒的嘲弄,皮利格鲁小姐那张粗糙消瘦的面庞反而高兴得皱

---

① 英国历史悠久的小报,后转型为名流时尚杂志,中文版更名为《尚流》。

了起来，她咯咯笑得更响了。内斯塔接着问："托尼在哪儿？今天早上有人看见托尼了吗？"

"我好像听见他开车走了。"迪莉斯小心翼翼地回答。

"真的？什么时候？"

"我的表显示大约六点半。发动机的噪声想必是——"

内斯塔不耐烦地插嘴：

"姬蒂跟他一块儿吗？"

"她没有！"一道轻柔的声线在她身后响起，"姬蒂这次没有获邀同往。"一位黑瞳乌发、身材性感的年轻女人优雅地走上阳台。她穿着剪裁考究的长裤，上身一件紧身的真丝套衫，脚上则是一双猩红色的坡跟鞋。"早上好，海德维克太太。大家早上好。我来迟了吗？"

"迟得离谱！"内斯塔大声说，"咖啡要是凉了，你自己负责。"她"啪"地打开打火机，点燃一支已经捻熄在粗革烟灰缸里的烟……"皮利，去把我的《闲谈者》拿来，你早餐已经吃得够多了。"

"可……可是，内斯塔亲爱的——"

"不要讨价还价，你吃得太多了。"

"好的，亲爱的。"皮利格鲁小姐咕哝着，大口吞下最后一口羊角面包，顺从地站了起来，"你不会刚好知道它在哪儿——？"

"不，我不知道。它跟昨天的信一起到的，肯定就在屋子里。别这么一副没用的样子。"

"好，亲爱的。"

皮利格鲁小姐一走开，内斯塔就转向姬蒂。

"托尼是怎么回事？别说这也是怪事一桩，他怎么突然这么喜欢早起了？"

"换个问题吧，海德维克太太。今天已经是他这周第三次在早餐开始前就开车溜出去了。"

"哼！神秘兮兮的，我不喜欢。托尼这个小畜生，这些天他什么也不肯跟我说。你把他带坏了，姬蒂。"

迪莉斯兀自笑了。可怜的内斯塔姑妈。托尼·申顿是那些大手大脚的年轻男孩之一，自从姑父去世后，姑妈便将自己的一腔母性都挥洒到了他们身上。托尼是"亲爱的男孩"之一，她这样称呼他们每一个人。6个月前，托尼从天而降，在这里过了一个长周末，从此就长住了下来。迪莉斯讨厌他那油滑的魅力和势不可当的活力，他似乎将姑母的注意力都抢走了，而这本应属于她的。自从双亲在二战中不幸丧生于空袭后，内斯塔姑妈就成了她的合法监护人。现在迪莉斯已经完成了在瑞士女子精修学校的学业，帕洛玛别墅实际上就是她的家。

奇怪的是，没人知道托尼当初为何会受邀来到帕洛玛别墅做客。当迪莉斯问起姑妈他们在哪里初识时，姑妈三缄其口，却又毫不掩饰自己对托尼的喜爱之情。迪莉斯是

在传统教育下长大的，便认为这是一段不健康的关系。她
震惊于他们飞速的熟络，他们伤风败俗的笑闹与爱抚，还
有那些调笑的情话。托尼今年28岁，而她的姑妈至少比
他年长30岁。最重要的是，托尼以一种轻蔑、漫不经心
的态度对姑妈无穷无尽的慷慨照单全收，这激怒了迪莉
斯。托尼对待内斯塔的样子会让所有人都以为有他陪伴左
右是她的荣幸；他陪她去赌场，偶尔陪她去看芭蕾舞或电
影，那都是在给她面子、帮她的忙。固然，姑妈口无遮
拦，态度粗暴，喜怒无常，但她心地善良，为人慷慨，迪
莉斯不愿意看到任何人利用她。

　　三星期前，姬蒂·林登出现在别墅，显然是应托尼之
邀。迪莉斯不确定他事先有没有和女主人商量过这次拜
访，但有一件事是可以肯定的——内斯塔姑妈恼火极了。
因为从一开始，托尼就毫不掩饰他对姬蒂的态度。迪莉斯
大致知道的情况是，他和姬蒂相识于战争期间，当时他
是皇家空军中尉，姬蒂则是英国皇家女子空军的下士。显
然，他们在战时见过几次面，也断断续续地保持着联络。
在姬蒂来的前一晚，托尼这样告诉内斯塔：

　　"可怜的孩子，她近来日子不好过。这就是为什么我
觉得换个环境会对她有好处。一个人精神崩溃的时候，最
好的办法就是过上一段轻松散漫的日子。她是个可爱的姑
娘，相信我，她很漂亮，以前可是一名演员。"

在过去的三周里，迪莉斯对姑妈的钦佩之情油然而起。她抑制住自己的真实感受，像对待别墅里其他成员一样对待姬蒂，这真是太有风度了。跟往常一样，她仍是直来直去，但从没有一个字眼或一个眼神表明她其实妒火中烧。

至于姬蒂……这个嘛，以她的年龄和阅历，应该更懂事一点。她扑向托尼的样子极为不雅。迪莉斯觉得姬蒂就是个傻瓜。假如哪天自己恋爱了，*她*才不会表现得像一个无望爱慕着音乐老师的六年级学生那样呢！

II

就在迪莉斯独自沉思的时候，托尼那辆深红色的韦代特（来自内斯塔的生日礼物）轰鸣着停在了别墅正后方的车库院子里。从车里迈出一位宽肩金发的年轻人，身穿淡蓝色的背心和藏蓝的短裤。乍一看，托尼·申顿就像那种生活自律、四肢匀称的普通英国青年，他们装点女性杂志的版面，或在男性内衣广告中摆出肌肉发达的姿势。但如若仔细打量一番就不难发现这都是假象。不论托尼21岁时体质如何，但现在绝对是每况愈下。养尊处优、酗酒、熬夜、缺乏锻炼，这些都在他小麦色的躯体上留下了痕迹。无甚表情的脸上已经清晰地反映出他花天酒地生活的后果。不过不用担心，托尼有的是办法。他施展魅力时可以既博学多闻又风趣幽默，对付中年富婆的手段也是极好的，在内斯塔·海德维克身上施展时从不失手。即使他的魅力是人工合成的也不要紧，内斯塔仍然为此给了他数量极其可观的奖励。

等他把车停进车库，闲步走上阳台的时候，早餐桌边只剩姬蒂一个人了。一见是他，她急忙抬眼，朝他绽出一个笑容。

"好啊，亲爱的。逛得开心吗？"

"好极了，谢谢。"

"吃早餐了吗？"

"还没——我快饿死了。"他饥渴地瞥了一眼桌子，"上帝啊！两个面包卷，一小块黄油和一小碟柑橘酱。就算内斯塔在节食，也没有让我们跟着挨饿的道理啊。咖啡如何？"

"半冷不热，亲爱的。"

"好吧，我们来解决这事。"他穿过落地窗按了电铃，然后走回来，恼怒地叹了口气，倒进了内斯塔的藤椅里。他拍拍椅子扶手，柔声说："亲爱的，你坐在桌子对面看着有些疏远。坐过来吧？"

"我不太想坐过去。"姬蒂慢吞吞地说。

托尼猛地坐直，惊愕地盯住她。

"喂，谁惹*你*啦？有人教唆你这个小甜心跟我作对吗？"

"不，当然不是。"

"那到底怎么了？"

"托尼？"

"嗯？"

"你今天一大早溜到哪儿去了？你可以跟我说实话，毕竟我——"

客厅侍女莉塞特出现在落地窗那里。托尼满意地欢呼了一声，转过身来。

"听我说，莉塞特，发发善心给我重做一壶咖啡好吗？现在的这玩意儿可真不是人喝的。再来几个煎蛋和几片薄薄的脆吐司如何？你知道我爱吃。可以吗，*亲爱的？*"

"当然可以，先生。"

"好极了！"

那姑娘一退下，姬蒂就出声道：

"说真的，托尼，任何人看到你差遣仆人的样子都会以为你才是这里的主人，真好奇内斯塔是怎么容忍你这样的。"

托尼轻笑起来。

"不可思议，是吗？全凭善意。不过别扯内斯塔，你是在怪我。你不妨把话说完。"

"就是你最近清早开车出门——是有什么重要的事吗，亲爱的？"

"钓鱼。"托尼言简意赅。

"我不信！"

"好，不信拉倒。"

"你保证……保证不是有了别的女人？"

"上帝啊！早餐前？别疯了。"

"那你为什么不喊我陪你呢？"

"因为我没想到你会对钓鱼感兴趣。女人通常厌烦这种事。"

"多数人的确如此，但我不是那种女人。所以下次你一大早就溜出去的时候，亲爱的，带上我，好吗？"

"抱歉，天使，不行。"

"可是托尼——"

"见鬼！"托尼突然不耐烦地吼道，"别再唠叨个没完了。每个人钓鱼的时候都希望自己能全神贯注。你在我身边我还怎么集中注意力？这个话题到此为止，咱们好好地吃早餐，行吗？"

　　"你要是这么说的话，那好得很。"姬蒂阴沉地说，"如果我成了你沉重的负担，十分抱歉。我没有想到……"

　　"噢，把这茬忘了吧，你不是负担。何不通情达理一点，给我一个吻呢？"

　　"或许吧。"姬蒂说着，态度放软了少许。

　　"没有什么'或许'，"托尼强势地说，"你*会的*！"

第三章

画廊里的少女

I

帕洛玛别墅里还有一位客人没有下楼用早餐。那是因为内斯塔希望在家中借宿的这个年轻人是个"真正的艺术家"。保罗·拉图尔自当竭尽全力活出一副玩世不恭的"*世纪末*"做派，方不辜负内斯塔对艺术家形象的浪漫想象。他有不错的先天优势——身材高大，略微驼背；一头黑色的乱发，胡须蓬乱；面容饥瘦——看起来就是个神形兼备的艺术家。其余部分就要靠全面细致的伪饰了——他穿得邋里邋遢的，姜色灯芯绒裤，宽松的蓝衬衫，配圆点丝巾和凉鞋。保罗天光时分才上床，和女仆们私通，把烟灰弹在地毯上，大肆嘲笑庸人空空如也的大脑，用尖酸的谩骂诋毁艺术家同行的名声。

是内斯塔·海德维克的老朋友马洛伊上校及其太太最初将保罗介绍进帕洛玛别墅的朋友圈的。马洛伊一家住在稍远一些的博略海边，每周过来玩一次桥牌——内斯塔玩牌的热情远高于牌技。上校在尼斯的一家咖啡馆里和保罗聊过一次天，觉得彼此志趣相投，便邀他回家吃了晚餐。得知保罗已近身无分文，上校深谙内斯塔偏爱这种魅力满满但囊中空空的风流青年，就立即把他介绍给了她。正如马洛伊所预料的那样，内斯塔将他彻底生吞活剥了。她将别墅的阁楼改造成了一间独立的工作室，给他不算丰厚但足够宽裕的零用钱，对他的惊世奇才乱吹一气，把她那些更有权势的朋友扰得不胜其烦。她希望他们买他的画。有一两个确实买了，然后偷偷将这些杰作藏进地窖。

迄今为止已经6个月了，保罗在帕洛玛别墅里过得很是惬意。可以说，他是住在这里时间第二久的房客，地位或许不及托尼·申顿稳固，但也足够自适。如果打牌的时候能放聪明点，那就完全可以无限期地在别墅里住下去，或者，至少在他经济独立——自己拥有一座这样的别墅之前是这样。

II

那天早晨，他懒洋洋地躺在画室角落里一张没铺好的沙发床上，嫌恶地看着摆在房间中央画架上的那幅尺寸庞大且令人过目不忘的油画。20分钟过去了，他一直在努力搞明白这幅画究竟想表达什么。内斯塔要求看他最新杰作的愿望越来越迫切，他拖不得了。内斯塔看画，首先想知道*画的*是什么。在她看来，所有优秀的画作都应该讲述一个故事，或者，至少应该有个清晰且恰当的标签。

但是，*天啊！* 一个鳕鱼头覆在一个赤裸的女体上，两片仙人掌叶在下方维持平衡，再点缀以柠檬和意大利面的*图案……*保罗绝望地耸了耸肩。

接着，他突然下定决心，一跃而起，从墙上的挂钩上抓下贝雷帽，通过后梯蹑手蹑脚地下去，穿过一扇通向园墙的大门，溜到了马路上。5分钟以后，在凡尔登大街上走到一半，他向左拐进了帕图诺街，不一会儿就爬上老城区逼仄曲折的巷间台阶，从一个巨大的拱门下闪进一间葡萄藤浓荫蔽日的小院子里。他没有敲门，直接推开一扇摇摇欲坠的绿门，爬上同样摇摇欲坠的楼梯，径直来到楼上一间屋子的门前。

起初，刚经过屋外的强光照射，他几乎什么都看不见。当眼睛渐渐适应了昏暗后，他认出有个身形丑怪的人蹲坐在翻过来的盒子上，面前是一个结构简陋的画架。一看见保罗，小个子跳起来，惊呼一声。

"拉图尔先生！"

保罗不怀好意地笑了。

"你没料到会看见我，是吗，雅克？"

"是的，先生。您要的画还没好，我跟您说了得下周才行。提前是不可能的，您得明白我不是机器——"

保罗直接插嘴说：

"*行了笨蛋！没必要发牢骚。我不是来催画的。*"

"不是吗，先生？"

"不是，朋友。我来这儿是想和你谈谈。"

"您对我的作品不满意吗，先生？"这小家伙猛捶了两下他那畸形的胸膛，激愤地喊道，"我的容忍也是有限度的，先生。您不明白，我给您的作品的价值——"

"'给我'？！"保罗语带嘲讽，"告诉我，雅克，你上一幅*举世无双*的杰作我付了你多少钱？"

"2000法郎，先生。"

"没错。2000法郎买一块不值两个苏①的丑陋画布。如果我不买，还有哪个鬼会掏腰包？回答我。"

驼背绝望地耸耸肩。

"*唉，先生……*这年头不容易啊——"

"正是如此。所以你如果还想继续拿我的赞助的话，就别再画奇形怪状的东西了。听懂了吗，白痴？不许再画这种抽象的超现实主义垃圾，从现在起，我要那种小孩都能看懂的画，别再画鳕鱼头和意大利面了。"

---

① 原法国辅助货币，现已停止流通。1 法郎 =20 苏。

"不画了，先生。"

保罗指指那张搁在自制画架上的摇摇欲坠的油画。

"这幅新画……画的是什么？"

他谄媚地退到一边："这是一幅风景画，先生。您喜欢吗？"他比了个手势，"这样构图如何，先生？"

保罗用挑剔的眼光审视着这幅半成品。

"有进步，我能认出几棵柏树、教堂还有一堵石墙。

"这叫《阿农恰德修道院》，先生。"

"很好，看着这样的画儿我知道自己身在何处。但另外这些……这种吓人的……是什么意思？别人问我这有什么寓意的时候，该怎么回答？你能告诉我吗，笨蛋？"

驼背思索了一会儿，挠了几下他那油腻腻的黑发，从开着的窗口朝楼下的院子里熟练地啐了一口唾沫。接着，他那张黝黑、长着鹰钩鼻的脸突然咧开一个笑容。

"很简单，先生。就称它为梦魇吧，噩梦。毫无疑问，在那些愚昧无知的人眼中，它是可怖的，比如您的那些朋友，先生？但对于我们这些富有洞见的人来说……"雅克·迪菲悲伤地摇摇头，"您下周来取新画吗？"

"下周。"保罗点点头。

驼背举起三根手指，试探地望着保罗。保罗怒目而视，摇摇头，用一个侮辱性的手势把两根手指戳到小家伙的脸上。

带着一种从各种不幸中养成的宿命论，雅克·迪菲抬起他饱受煎熬的肩膀，张开双手，诌媚的笑又回到了他扭曲的脸上，可一想到眼前这个蠢货对自己精美的画作做出的愚昧无礼的评价，仇恨与怨怼顿时占据了他的心！

III

因为保罗去找驼背，所以迪莉斯去敲响他画室的门时自然无人应答。那天上午她计划去看"地中海画展"，考虑到他的专业眼光可能会对自己有所启发，所以想让保罗陪她一同前往。迪莉斯对绘画一窍不通，但作为一个认真的年轻姑娘，她决心抓住一切机会来拓展自己的知识面。姑妈坚持不让她工作，但她也没理由不努力提升自我。

从草木齐整、充满异国情调的公共花园望去，画廊不算拥挤。一些游客带着通常只有在教堂、博物馆和历史名胜才会有的虔诚神情到处闲逛。有名官员坐在一把路易十五风格的椅子上，带着一种私家侦探看守价值连城的婚礼珠宝时的锐利眼神和担忧，观察着游客在屋子里的动向。迪莉斯有点想不明白，因为如果不借助手推车，绝大多数画作是偷不走的。

她买了一本目录，极为自觉地开始按顺序研究起这些画。有些名字她还是熟悉的，例如：马蒂斯、波纳尔、杜飞和郁特里罗。这些都是明星画家，她虔诚庄严地站在他们的作品前面，深感折服。可她该如何评价那些稍次的画家呢？她是该表示玩味、不屑、惊骇还是高兴呢？这一切都太难了，若是保罗能在那里引导她安全穿过这个美学迷宫就好了，她将尤为重视他对一幅名为《嘉年华》的大型画作所发表的评论。在这幅画中，一群红脸滴水兽在一片巨大的翠绿色卷心菜地里喝酒跳舞，背后映衬着浓郁的紫色天空。当她走到这幅画前时，突然意识到一个高大、宽肩的年轻人正透过她的左肩茫然地盯着这幅画。也正是他，用令人钦佩的阳刚的语言将她对这幅画的本能反应简洁地表达了出来。

"我的天哪！"

就是这个——在通常被称为"受过良好教育的英语"中得到了清晰有力的表达。她高兴地转过身来。

"太好了，咱们想一块儿去了！我总是担心自己对一幅画的反应不当，万一它的作者是我应该喜欢的人呢。我对这类事情真是一窍不通。"

"彼此彼此。听我说，刚才我要是知道你是英国人，就不会那么直接了。"

"哦，没关系。你是艺术家吗？"

年轻人脸红了。

"天啊，不是！我看起来像艺术家吗？"

迪莉斯打量着这位虎背熊腰、穿粗呢上衣、拎法兰绒包的六尺男儿。

"嗯，是不怎么像。但这年头也很难说。我认识一位服装设计师，穿得却像职业拳击手。你是来这里度假的吗？

"呃……差不多吧。你也是吗？"

"不。我和我姑妈定居在这里。"

"在这里定居吗？天啊！有些人就是有福气。这儿真是个好地方，美得我都不敢信。"

"很多地方并不美。尽是华而不实的东西，就像我姑妈那些讨厌的朋友一样。事实上我觉得这里很无聊，待上一段时间就会这样的。"迪莉斯接过递来的香烟，点头以示感谢，带着一个19岁少女大胆又可爱的那种强烈好奇继续问，"如果你不是艺术家，那是干什么工作的？但愿你有工作。"

"哦，有的。我……呃……我在办公室工作。"

"你是职员？"

"嗯，是的……算是。"他怯怯地说。

他们相视而笑，意识到这个话题的无聊。

"在伦敦？"迪莉斯紧追不放。

"呃……是的。在伦敦。"

"*对不起，女士！对不起，先生！*"（法语）他们转过身来看着局促不安的服务员。"*抱歉，这里不允许抽烟。*"（法语）

"哦，对不起，老兄。"年轻人高兴地说，用鞋跟踩灭烟头。"我们的表现真糟糕，是吗？*表现不好。您能听懂我说的话吗？*"（法语）他转向迪莉斯，"他说他很抱歉，但我们不能在这里抽烟。这句是我从火车车厢里学来的。"紧接着，意识到自己的错误假设，他猛拍一下大腿，抱歉地补充道："天哪！我忘了你是长住这里的人。你的法语一定像母语一样流利。"

"差不多，"迪莉斯笑着说，"本地人的水平。或者可以说，够用。但不地道。我们再来看看其余的画吧，如何？"

"当然。结识了你，画展都变有趣了。"

他们在画廊里转来转去，像喜鹊一样叽叽喳喳，间或想起他们这是在什么地方，便停下片刻研究一幅画。不出10分钟，他们已经互相增进了不少了解。他们一致认为，第二天一早在赌场的露台上喝杯开胃酒是个不错的主意。

"我不能保证赴约。"年轻人遗憾地说，"你看，我的行动并不完全有我自己做主。我是别人的助手。但你放心，只要可以，我一定会赴约的。"

"好吧，如果你来不了，"迪莉斯快速想了一下后说，"你可以给我打电话。"

"太好了！今早过后，我们可不能失去联系啊。这已经——"他打断话头，焦急地问道，"我说——怎么啦？有什么不对吗？"

"这幅画是我的一个朋友画的。"迪莉斯说罢又赶紧补充，"嗯……也不算是朋友，他其实讨厌极了。我姑妈非常大度地给他在别墅里腾了间体面的画室。"

年轻人注意到了画框上的数字盘，翻看起手中的目录页。

"没错，就是这个。*Le Filou*……，Filou 是什么东西？"

"我想是骗子的意思。上面有作者的名字吗？"

"有……雅克·迪菲。"

"雅克·迪菲！"迪莉斯惊奇地重复道，"一定有误。这和保罗的画风一模一样。太不可思议了。他们一定是把目录里的名字搞混了。"

"我真不该拿这事给你添麻烦。"

"你别多想！"迪莉斯瞥了一眼表，大声说，"我现在只担心一件事。要是我不立马离开，那就赶不上午饭了。"

"我……呃……能送你回家吗？"

迪莉斯犹豫了。

"别，还是别送了吧，这样显得慎重些。所以你要是不介意的话，我们最好就在这儿说再见了。"她友好地笑着补充，"希望明天能再见到你。"

"当然……明天再见。"他伸出宽大有力的手，因为握得太热情用力，吓得她急忙把手抽了回去。"溜到这儿来随便瞅两眼画没想到还撞上了这样的好运，小姐……顺便请问您的芳名是……？"

"迪莉斯·韦斯特马科特。你呢？"

年轻人倒吸一口凉气。

"我的？哦，我……我的很简单，约翰·史密斯。挺傻气的，我承认，但我只能说这么多。"

迪莉斯狐疑地瞥了他一眼。

"听起来像假名。你不是在开玩笑吧？"

"肯定不是！"

"好吧……再见。"

"再见，韦斯特马科特小姐。"

看着她穿过旋转门走进灿烂的阳光时，年轻人感到一阵悔恨。他厌恶自己如此欺骗一个迷人的姑娘，但这种情况下他还能做什么呢？自从他们来到这个花花公子的天堂后，梅瑞狄斯都向他灌输了些什么？

"不论你去哪儿，也不论你做什么，记住，孩子，你都是在执勤。"

没错！更何况，弗雷迪·斯特朗警长也不是那种会违背上司指示的人。不管发生什么事，他都要隐姓埋名！

第四章

重　逢

　　这天一早，梅瑞狄斯督察开车去尼斯警察总局，和当地负责与他对接的布朗皮尼翁督察碰了面。大约一周前，梅瑞狄斯和斯特朗在芒通一家简朴的旅馆安顿下来后，他们已经见过几次布朗皮尼翁了。尽管语言不通，性情各异，但布朗皮尼翁和梅瑞狄斯已然结成挚友。所幸，布朗皮尼翁的英语还不错，梅瑞狄斯也会一点学龄儿童水平的法语。所以，经过初始的尴尬，他们很快就流利地交谈起来。

　　布朗皮尼翁督察安于现状，顺其自然，并以极大的热情迎接*生活*。他有一双诙谐的黑眼睛，身材微胖，笑声爽朗，是个标准的普罗旺斯人。但在这种宽容安逸的性格背后，他也有才智敏捷、精明务实的一面。一旦有需要，布朗皮尼翁那四肢灵活的丰腴身躯会以惊人的敏捷性迅速果决地投入行动。

那天早上，当梅瑞狄斯在这栋大楼二楼那间凉爽且百叶窗半掩的办公室里与他打招呼时，就立刻感受到了布朗皮尼翁的忧虑。有那么几次，这种忧虑的根源在他们的谈话中浮上了表面。在过去的几天里，据情报称，布朗皮尼翁和同事们都以为已经一网打尽的犯罪勾当又死灰复燃了，它曾一度被证明是里维埃拉一带最有利可图的勾当之一。督察指出，犯罪细节很简单。犯罪分子可以在阿尔及尔①及其他北非港口以每包6便士的低价买进美国香烟，再用机动船运过地中海，走私到海岸沿线偏僻适宜的地点，然后在蔚蓝海岸以每包4先令的价格出售。走私一次的利润可高达1000万法郎——大约10000英镑！

"唉！"布朗皮尼翁叹了一口气，"到目前为止，走私品只出现在这里和意大利边境之间的地带。"

"你是说这些美国香烟只在海岸的这一边销售？"

布朗皮尼翁点头。

"就像这些假钞，老兄。它们也只在南法沿岸的东部城镇出现。正因如此，我理所当然地将你们安顿在芒通。"

"我猜这两个团伙不可能受同一个帮派管理吧？"梅

---

① 北非城市，阿尔及利亚首都。

瑞狄斯问道。

"不——我认为不是。假币团伙需要固定场所——一个他们可以安装印钞机的地方。但另一伙儿……"布朗皮尼翁抬手耸肩,"这——你们英语怎么说来着——流动性大。先生,你同意吗?"督察走到办公桌前,打开一个抽屉,拿出一沓钞票塞到梅瑞狄斯手里,"你看,*朋友*,我们又有新收获。这些纸币大部分是在蒙特卡洛查获的。我们已经警告过……过……"布朗皮尼翁急躁地点点手指,"*Lesboutiquiers*(店主)要密切提防这种一千法郎的钞票。"

"店主们,是吗?"梅瑞狄斯仔细检查过纸钞,赞赏地点点头,"必须承认,做得真漂亮。除了你们里昂实验室的负责人用显微镜才能发现的两个微观差异,这些该死的东西就跟真的一样。"

布朗皮尼翁轻轻地笑了,炫耀似的从桌上抽出一张纸来。

"这是把钞票交给我们的店主名单。我们逐一审问过他们,无一例外,这些钱都来自英国顾客。但其中有两桩个案,我们撞了大运。店主及时发现了我们事先提醒过的那些小错误。朋友,你能跟上吗?立刻就意识到那张钞票是假的。于是他对顾客说:'请把你的姓名和地址告诉我,因为警察想查清楚这些假钞是怎么到你手上的。'然后我就想,这……*这活儿*……适合梅瑞狄斯,或许他可以审一下这些英国人。这就是我今早打电话叫你过来的原因。你方便跑一趟吗？"

"亲爱的布朗皮尼翁，"梅瑞狄斯笑着说，"我就是为了这个才来法国的。把那些地址给我，我立刻启程去蒙特。"

II

中午时分，梅瑞狄斯已经顺利问完了那两个试图花掉假钞的英国人，他们都是无辜的。起初，两个人都不愿意开口。毕竟，在黑市交易外汇严格来讲已经构成了刑事犯罪，他们拿不准梅瑞狄斯会不会追究。不过几经暗示，他们很快就打消了疑虑。法国警方急于逮到那个贩卖假钞的团伙。梅瑞狄斯不留情面地指出，他们并不在意这些不爱国的愚蠢英国人，但不管怎么说，他们都是巧妙骗术的受害者。果不其然，他很快就得到了想要的情报，梅瑞狄斯立刻意识到这是他得到的第一条真正线索。

这两个英国人互不相识，住在不同的旅馆，黑市法郎都是从同一个人那里买来的。他俩都是在镇上的某家鸡尾酒吧里被那人攀谈上的。他英语说得很流利，但带有浓重的外国口音。两个人都不觉得他是法国人，一个认为他是德国人；另一个则觉得是荷兰人。但他们对这个人的描述却高度吻合——高个儿，驼背，铁灰色的短发，面如满月，嗓音低沉，温文尔雅，穿着得体。

梅瑞狄斯在笔记本上简单记下描述，然后给在尼斯的布朗皮尼翁挂了个电话。警方知道这个荷兰人或德国人吗？这人有没有可能，曾经跟他们打过交道，或在什么时候受到过怀疑呢？布朗皮尼翁有点丧气。他说沿海地带的大骗子没有一个他不熟的。虽然有点自吹自擂，但和实际情况也差不离。在布朗皮尼翁看来，这个人要么是傀儡，一个受雇于大人物的无名小卒；要么就是最近才从自己的国家来到蔚蓝海岸的。

"很好。"梅瑞狄斯说，"交给我吧。我要去蒙特卡洛待上一两天，在可能的酒吧里溜达一圈。有了这么详细的描述，我们应该能找得到那家伙。要是幸运的话——"

布朗皮尼翁低声笑了一下，插嘴说：

"啊，没错！那话是怎么说的？小鱼为饵钓大鱼，是吗？"

III

沿着穆瓦耶讷滨海路疾驰了20分钟后，梅瑞狄斯回到路易旅馆，他和斯特朗约好了在那儿碰面。为了换换口味，他们经常外出吃午餐。这天早上，他们决定去附近的金鱼咖啡馆碰碰运气。这家咖啡馆也是路易旅馆的一位客人推荐的。事实证明，这是个休闲迷人的小地方，色彩艳丽的桌椅摆在阴凉的院子里，院子正中央是一个养满了金鱼的大水族缸。梅瑞狄斯已经掌握了一些当地菜单的门道，点了一瓶克雷马酒庄的酒，随后督察就着马赛鱼汤，开始通报早上的事情。

"接下来的一两天，小子，我们要到蒙特卡洛那些比较时髦的酒吧去转转。有异议吗？"

"当然没有，长官。"弗雷迪沮丧地意识到他和韦斯特马科特小姐的约会泡汤了，他试探性地补充道，"我想这都是白天的工作吧。我们……呃……晚上休息吗？"

"当然不！"梅瑞狄斯喝道。

"哦好吧，先生……明白了，长官。"弗雷迪急忙说，"我问只是因为——"他突然住口，盯着洒满阳光的院子，活像见了鬼，"这个，在所有的……"

"你到底是怎么回事？"梅瑞狄斯生气地问。

"快看那儿，长官——橘树下的那张桌子。您看到那人了吗？"

梅瑞狄斯谨慎地朝那边看了一眼，强自镇静，笑着承认说：

"好吧警长，你赢了！你说过我们还会再碰到他，在这个蒙昧的世界上有那么多疯狂的巧合，我们居然真的又碰上了。更重要的是，他刚好也发现我们了。你别吱声，小子，我来应付他。他过来了。"

"好啊，你们好！"比尔·狄龙轻松地朗声说道，"没想到能再见到你们俩。我还以为你们要去巴黎呢。"

梅瑞狄斯对答如流："我们在……谈生意。可现在，由于出了一点意外，生意把我们带到了这里。"他指着桌旁的一把空椅子，"请坐，您怎么称呼——？"

"狄龙，比尔·狄龙。"他疑惑地看着梅瑞狄斯。"说来有趣，我总觉得你面熟。在敦刻尔克的那个早上我突然想到，你……是不是上过头条？"

"天啊，当然没有！我就是个工程公司的销售代理。我叫梅瑞狄斯。这是我的助手，斯特朗先生。"

"工程公司！"狄龙惊呼，"我自己也是干这行的。你是哪家公司的？"

"呃……惠特利-皮尔比姆斯，"梅瑞狄斯报上了脑袋里想到的第一个名字，"也许你听说过他们？"

"我确实知道。他们是我们国家最好的建筑工程师。"

"谢谢。"梅瑞狄斯讥谑地回答，"你呢，你为谁——？"

狄龙插嘴说：

"噢，战后我一直在霍兰德航空公司的科研部门工作。岗位不错，但没什么晋升的空间，所以我就辞职了。回国后我想自己创业，开个汽修厂什么的。只要自己当老板，其他都好说。"

"所以现在你是下了血本不惜代价，款待自己来这儿度个假，是吗？"

"正是这样。"狄龙点点头，"当然，我手头其实也并不怎么宽裕，自从1946年复员以来，这还是我头一回出国。"他突然站起来，伸出一只手，"很高兴再次见到你们，你们会住多久？"

"嗯，那要看情况了，"梅瑞狄斯含糊其词，"取决于生意。几个星期——或长或短。"

"兴许哪天晚上我们能约着喝点啤酒。我住在邦多尔。你要是有空，欢迎来找我。"

"好的。"梅瑞狄斯点点头，"我们会的。"

"再会。"

"再会。"梅瑞狄斯说。

"再会。"斯特朗说，这是自狄龙加入他们以来他开口说的第一句话。

IV

比尔·狄龙从金鱼咖啡馆直接回到邦多尔，上楼进了自己的房间。他在屋里点燃烟斗，在窗边的桌旁坐下，开始写信。整整一周以来，他一直在拖延，寄希望于能在镇上的某处碰到姬蒂。可惜尽管他犀利的目光一直逡巡于滨海步行道和时髦的购物街，但到目前为止还是一无所获。有好几次，他甚至闲步到帕洛玛别墅附近转悠，期待着姬蒂出现的极小概率。他觉得那样会更好——一个轻松的、不经意的会面……就她一个人。这就是为什么即使知道了她的地址，他也故意没有给她写信。可如果这样并不奏效，那就得长驱直入了，管他会有怎样的后果。

毕竟这趟远行，主要是为了姬蒂。不可否认，小镇后方的那片山区也是目的之一。他需要那些山，可这没有对姬蒂的需要来得那么强烈。在伦敦和一个他与姬蒂的共同朋友随意聊了几句，使得他确定了她现在身在何地。姬蒂决定离开他的生活，与此同时，她也决定了走进内斯塔·海德维克位于里维埃拉的别墅。幸运的是，他认识内斯塔；更幸运的是，海滨山脉就在芒通的后方。由于他的未来与姬蒂以及那片高山密不可分，所以他觉得来到芒通，艰巨的任务就已经成功地完成了。

他酝酿了一会儿，提起钢笔写道：

亲爱的海德维克太太：

不知道您是否还记得我。我曾是一名驻扎在云雀山庄附近的空降部队成员，1944年的时候常在周末前往府上叨扰。我难以忘记您给我们带来的美好时光。您那样热情好客，富有耐心！我想您应该还记得那个疯狂的夜晚，那

些从兰斯顿来的混球们，我们在您的客厅用软垫打了一场十六人橄榄球赛。中场休息时，满屋子的羽毛，您都看不清房间的另一头了！

我记得您告诉过我，您在芒通有一幢别墅，战后您有意卖掉云雀山庄，在里维埃拉定居下来。您曾好心建议，如果我来到芒通，应该前去拜访你。好吧，我正巧有机会溜到这儿度个短假。我住在邦多尔。所以，如果您的提议依然算数，或许您可以给我打个电话，告知我是否可以或何时方便登门拜访。

时隔多年，期待再次见到您。

您诚挚的

比尔·狄龙

P.S. 我是金发、健壮的那个，肩章上面三颗星，有次不幸地将一杯雪利酒泼到了您裙子上。

V

第二天一早，在阳光斑驳的露台上吃早餐时，内斯塔宣布：

"晚上我要招待一位年轻人，希望你们大家都在。那真是个乖巧的男孩子，我是战时在云雀山庄认识他的。"

她一记眼刀朝皮利格鲁小姐飞去，后者纵容自己的小小弱点，正在偷啃一块糖，"你必须让厨师重视起来，做点特别的。明白吗，皮利？"

"好嘞，亲爱的。"

"我建议先喝*蔬菜蒜泥浓汤*，然后上*普罗旺斯杂烩*。"

"没问题，亲爱的。"

"当然，吃什么对我来说并不重要。"内斯塔干笑两声，"我只要坐着看别人享受我的热情待客就好了。天啊！什么是生活，这就是生活，对不对，皮利？"

"哦，当然，亲爱的。"

"然后我们可以来一道，比如……*炖鳕鱼*。至于甜点——"

皮利格鲁小姐怯生生地建议道：

"亲爱的，*蔬菜馅饼*怎么样？"

"别傻了！你真是一点用都没有，皮利。我觉得*罗宾娜油煎饼*和——"

"噢，烦死了！"托尼沉着脸打断，"值得这么小题大做吗？究竟是何方神圣，需要我们去讨好他吗？"

"别这么*犯嫌*，托尼。当然不是。但他写了一封这么讨人喜欢的信，至少——"

"我认识这位老兄吗？"

"不，亲爱的，我想你应该不认识。他叫梅隆还是狄龙之类的。"

"狄龙！"姬蒂惊呼一声，小麦色的脸顿时涨红了。

"没错——比尔·狄龙上尉。"内斯塔叹了口气，"这么一个帅小伙儿，在那一群大胡子中间……"

"比尔·狄龙！"姬蒂倒吸一口凉气，"但……但是——"

"别告诉我你认识他！"内斯塔叫道，一道失望的阴影掠过她慷慨大方的面庞。

"不，我当然不认识。但……但是，我以前认识一个叫比尔·多尔曼的人，我刚刚想起了他。您能理解吗，海德维克太太？狄龙，多尔曼，它们的发音……刚才……听起来很像。"姬蒂咯咯笑着转向托尼，"有烟吗，托尼？哦，谢谢。失陪了各位……我还有几封信要写。回见，托尼。"

姬蒂匆匆走出屋子以后，大家沉默了一阵。内斯塔意味深长地与在座各位交换了个眼神，尖刻地说：

"奇怪，她好像很不安的样子，有些精神错乱、神经过敏，她应该去看看心理医生，你说对吗，托尼？"

"不，我不同意！"托尼立刻接话，"可怜的孩子，姬蒂之前的日子过得很不顺心。"他一口气喝完剩下的咖啡，猛地起身，"好了，回见……我要开车出去办点事，午饭就在外面吃了。姬蒂和我要开车去摩纳哥。"

他利落地点了点头，昂首阔步地穿过花园，去了车库。

第五章

不祥的会面

I

迪莉斯被困在了姑妈为她安排的那种毫无用处的生活里，备感无聊。前一天在画展上与那个年轻人相遇，突然迫使她一下子意识到了自己人生的空虚。一想到他们赌场露台上的约会，她很是振奋了几个小时。然而，就在晚饭前，她接到一个电话，说会面取消了。年轻人万分抱歉，但他们在接下来的几天里似乎压根都没机会见面了，这责任不在他，而是外在环境使然。

就这么多。对于这次失约他并没有给出一个真正的解释，只是含糊其词地表示最近会再打电话来。迪莉斯高昂的情绪轰然倒塌。她开始用一种更审慎的眼光来看待画廊里的邂逅。毕竟，约翰·史密斯先生是不是有点可疑？不管怎么说，她绝不相信史密斯是他的真名。他显然只是脱口说出了头脑里蹦出来的第一个名字。但为什么呢？因为他想隐瞒自己的真实身份。那为什么要隐瞒自己的身份呢？这个嘛，大多数人使用化名是因为他们有要隐瞒的东西——通常跟违法犯罪有关。

迪莉斯不禁打了个寒战。她能相信他说的*任何话*吗？他真的是伦敦某个办公室里的职员吗？他提到的这个朋友——真的*确有其人*吗？

迪莉斯在度过了一个支离破碎、辗转反侧的夜晚后，次日来到早餐桌旁时已经准备好把约翰·史密斯先生抛诸脑后了。如果他*真敢*再打电话来，她将礼貌但坚定地告知他，自己不想再见他了。

迪莉斯满脑子都是这些不愉快的想法，直到她撞上姗姗来迟的保罗·拉图尔，才想起了那幅画。

"好啊，保罗。你昨天很早就溜出去了。本想让你陪我一起去看画展，让我领教领教你的专业知识呢，结果只能一个人去了。"

"我听说水平不怎么样，过于*矫揉造作*了，你说呢？"

"这个，我真没资格下结论。但我觉得……很有意思。有一幅画叫……到底叫什么来着……哦，对了——《骗子》。"迪莉斯密切关注他的反应，但保罗的表情却比平时更漠然，"那幅画非常有特色，保罗。"

"真的吗？作者是谁？"

"坦白说，我还以为是你呢。"

保罗惊奇地看着她。

"我？*我吗？我的天啊*！我宁愿割喉也不想和这帮天资平庸的蠢货一起参展。"

"可它和你的画风真是太像了，保罗。像得不像话。"

"可是，*小姑娘*，你没有买目录吗？"

"当然买了，不过万一你是用化名参的展呢。"

"化名？什么意思？什么名字？"

"雅克还是什么的。"

"雅克？"

"对——我想起来了，雅克·迪菲。"

II

比尔·狄龙站在旅馆卧室的穿衣镜前，挑剔地最后看了一眼自己的形象。嗯，还不错。幸好自己颇有远见，尽管那套晚礼服的肩部有点紧，但还是打包带来了。毫无疑问，在过去的两年里他长胖了。毋庸置疑，过去两天里剧烈且疲惫的锻炼也增长了他的肌肉。

就在当天下午，他还穿着旧工装衬衫和卡其短裤，背着帆布背包在山间健行。他开车一路向北，经过卡斯蒂隆和索斯佩勒，将车停在布罗山口附近，然后步行出发，探索那里崎岖险峻的环境。这是他第三次走这条特别的路线，从芒通出发，在海拔两千余米的山脉间选择较低的山峰进行攀登。山间的空气明澈得像水晶一样，太阳从无云的天空炙烤下来，裸露光亮的岩石反射出一阵阵热浪。当然，他的肤色也因白天的远足而受了影响，无法避免——此刻他的脸并不是在餐桌上令人赏心悦目的那种。不过比尔并不在意。那天下午在山间，他找到了一个关键问题的答案，这一扰人心神的不确定性，两年多来一直让他无法平静。

他将一条丝巾系上颈间，锁上房门，下楼走到车旁。造访帕洛玛别墅近在眼前，比尔却开始忧虑起来。一整天的剧烈运动使他得以暂时忘却与姬蒂的这次重要的会面。现在，他开车穿过热气开始消散的街道，含羞草香水的浓烈香气充盈鼻间，不知道在前方等待他的究竟是一个怎样的结果。无论如何，他一定要把姬蒂拉到边上单独谈谈。这并非易事，以姬蒂现在的情绪，她很可能会竭尽全力不给他这个机会。她的固执和任性他再清楚不过了，然而这一认识丝毫没有减轻他一想到姬蒂时就涌起的热望。比尔清楚，无论过去发生了什么，没有她的未来将是何等痛苦。

是的，不论用什么手段，他今晚都必须孤注一掷将她
争取回来。这是个不切实际的愿望，或许是的，但恋爱中
的男人，比尔苦笑着想，是不会把希望建立在实际之上的。

III

"亲爱的，我的宝贝！"内斯塔一迭声叫着，抓住比
尔的手猛晃了几下，"我*都*快认不出你了！"她退后一步，
带着好奇，厚皮老脸地打量他，"云雀山庄的那些日子真
快活啊，离开以后你明显变壮了，肯定是没怎么锻炼。你
的胡子呢？欸，你以前蓄须的呀。军队里的人都留着大胡
子，真有男子气概。"她略带顽皮地再三打量了一番，"比
尔，我一直都挺喜欢你，大大咧咧，却从不乱来。来，我
领你见见其他人。我们就是一群乌合之众，但我们会让你
开心的。"

她领他走进起居室，愉快地宣布：

"嗨，大伙儿！这位是比尔！"

他第一眼就看见了姬蒂，心跳不由得漏了一拍。她坐
在一张长沙发的扶手上，一如既往地可爱性感，手里端着
一杯鸡尾酒，唇边挂着一个紧张的微笑。内斯塔用一种女
校长将四年级生介绍给来访官员的傲慢手势示意她上前。

"这是姬蒂，姬蒂·林登。她是来这儿做客的。"她说

毕又乜斜了一眼，"只是*短住*而已吧，是吗，亲爱的？"

　　姬蒂从来都不知道如何应对这类恶意的嘲讽，只能对内斯塔黯淡一笑，又冷漠地朝比尔点点头；接着，她突然情绪高昂地转向托尼·申顿，后者刚好慢步走到了她身后。比尔敏锐地注意到她的手伸进了对方的臂弯——一个熟悉的，饱含占有欲的姿势，他们二人的关系登时一目了然。所以，就像他一直怀疑的那样，这出戏里还有另外一个男人。他好奇这家伙究竟何许人也，而姬蒂又是在哪儿认识的他。从外形来看，这是个不折不扣的大恶棍。比尔咬紧了牙关。他突然被一阵绝望击中，意识到这男人的存在是眼前这团乱麻中平添的又一个结。

　　女主人又将他介绍给了迪莉斯、皮利格鲁小姐和拉图尔，而他却晕头转向，连自己在说什么都不知道。接着，内斯塔抓住托尼的领带，他像匹桀骜不驯的马一样被猛拉向前。两个男人头一次当面站定。就在这时，比尔心下大惊：毫无疑问——以前在某时某地，*他见过这个无赖小白脸！*

IV

　　直到餐后移步到月下的露台上时，比尔才成功将姬蒂带离众人的视线。托尼被叫去接电话了，其他人还坐在咖啡桌旁。比尔瞄准时机，捉住姬蒂的胳膊，连推带搡地将她带到一根爬满了藤蔓的柱子后面。他迫不及待地说：

"我得找个时间单独和你聊聊，我们得把所有事都谈开了，不能再这样下去了。"

她一把拽回胳膊，愤怒地问：

"你为什么要来这儿？你怎么知道我在芒通的？你能不能别管我？"

"我为什么不能，你清楚得很。因为我还爱着你，姬蒂。自从你离开我以后，我几乎孤独成狂。难道你看不出来——"

"看在老天的分上，小声点！"

"我们什么时候可以谈一谈？像这样放任自流是没有用的，我们必须把事情彻底地解决了。明白吗，姬蒂？"

她孤注一掷：

"好了，行吧，如果你一定要这样的话。你离开时把车停在山脚下，我会尽量溜出去几分钟找你。"

"太好了，亲爱的。我就在那儿等你。"他伸出一只手想揽她的腰，可她激烈地摇着头躲开了。比尔闷闷不乐地耸肩："好吧——如果你觉得不合适的话……"

"喂！你们两个！"内斯塔惺惺作态地大叫，"窃窃私语什么呢？姬蒂，你好大的胆子，竟敢拉着狄龙上尉喋喋不休。厚颜无耻的小蹄子！"

"抱歉，海德维克太太。我只是带他欣赏一下城里的夜景而已，月光下看起来美极了。"

等这俩人回到餐桌旁时，内斯塔继续轻声细语道：

"比尔亲爱的，你会打桥牌吗？"

"我的牌技可比不上卡伯森特①，但——"

"好极了！你一定要来，咱们凑一桌。周五，亲爱的孩子——就是后天了，星期五的八点半。把它列进你的日程里。"

"这个，我……"比尔有点结巴起来，"我不确定……"

"就这么定了！我知道你会来的。马洛伊上校和他那烦人的小妻子会从博略过来。我们每周五都会凑齐四个人开一桌。"内斯塔斜眼盯住她那受气包女伴，"比尔可以代替你上桌，皮利。你打得太糟了，亲爱的，不会偷牌，话也太多。"

"好的，亲爱的。"皮利格鲁小姐顺从地低声说。

"迪莉斯，亲爱的，过来坐在比尔旁边。我猜他一定非常想和你聊聊。托尼去哪儿了？还有保罗呢？他们一吃饱就溜没影儿，太没礼貌了。不过男人就是这样，只要愈发粗俗的胃口能被填饱就行。不，我没说你，比尔。你的举止总是这样讨人喜欢。我很高兴你把我以前说的话当真了。我们真的很想见你，是不是，迪莉斯？"

① 伊利·卡伯森特，30 年代美国著名桥牌选手。

"是，姑妈。"迪莉斯不自在地嘀咕一声。

"所以从这会儿起，你就别客套了，明白吗，宝贝小伙儿？随时都可以来——"内斯塔夸张地拍了拍脑袋，发出一声尖叫，"哎呀！亲爱的比尔，我在想什么呀！真是老糊涂了，怎么一开始没想到呢？你一定要搬来这里住。一定要来！邦多尔就是个脏兮兮的小旅馆。我们——"

"但……怕是不行，"比尔嗫嚅道，忧心忡忡地瞥了姬蒂一眼，想着他们之间微妙又一触即发的关系，"您真是太好心了，可我——"

"别犟了！你明天就收拾东西搬进来。答应我，比尔。"

姬蒂不管不顾地低声说：

"说不定狄龙上尉更喜欢住在旅馆里呢，海德维克太太。男人经常这样。"

内斯塔轻蔑地哼了一声，制止她：

"少胡说，亲爱的。除非迫不得已，没有神志清醒的人会愿意住在邦多尔。我听说那里的水总不热，伙食也极差。他当然愿意待在这儿了。你会来的吧，比尔？"

他无望地偷看了一眼姬蒂，有气无力地欲言又止：

"呃，我不知道……我真不知道该怎么……"

"那就这么定了！"内斯塔尖声说，对着围坐在桌旁的一小群人眉开眼笑，"你们大伙儿都听到了啊——比尔要搬过来了！明天我们等你吃午饭。很高兴我有——"

　　可是比尔已经不在听了。申顿再次出现在阳台上，比尔突然想起自己是在哪儿第一次见到这家伙的了。那是1943年在林肯郡的某个机场。晚饭后，比尔和他在混乱的酒吧里偶然遇上，交谈过几句。没说很多，因为申顿已经喝得醉醺醺，没法专注地聊天。那天晚些时候，他听闻了一些关于皇家空军中尉申顿的事迹，而且还是负面的。申顿曾在找烟时不小心从口袋里摸出了一个别人丢失的钱包，里面有将近40英镑。但考虑到空军中队的声誉，这件事没有张扬。

　　这就是整天和姬蒂形影不离的家伙——惯偷，败家子，吃软饭的，花花公子！上帝啊！太不幸了。毫无疑问——除非他在离开芒通之前戳穿这桩罪恶，否则可怜的姬蒂就将盲目地走向灾难！

V

　　可当他驶离别墅大约20分钟后，她坐进他停在那儿的车，狄龙很快就意识到姬蒂没有心情听他讲道理。她对他再次出现在她生活里的行径怒不可遏，对伦敦那个泄露了她行踪的他们共同的朋友怒不可遏；因为他碰巧过去就认识内斯塔、并因此骗取了造访帕洛玛别墅的邀请而怒不可遏。这比她自己对托尼·申顿倒贴还要恬不知耻。

"早在遇见你之前我就认识他了。多年来我们一直保持联络。你很意外吗？托尼要是向我求婚，我肯定会嫁给他！"

"嫁给他！"比尔吓坏了，"可是，天哪，姬蒂，他不知道吗？难道你都没告诉过他吗？"

"告诉他什么？"

"告诉他你是我的妻子！"

姬蒂狠毒地笑了。

"噢，别担心。连我都知道，有朝一日肯定要告诉他的。但得由我来择机告诉他，而不是你。"

"可是，天哪，姬蒂！"

"这又有什么关系呢？我不爱你，以前爱没爱过也值得怀疑。咱们的结合是我犯过的最糟糕的错误。你去办公室上班，我就一个人被扔在肯辛顿那间狭小的公寓里一整天……这种生活多刺激啊，你说是吗？"姬蒂的笑声愈发尖利，"而我则应该是个贤惠的小妻子，坐在那里无所事事，直到她亲爱的丈夫下班后憋着一肚子火疲倦地回到家来。别这么迟钝，比尔。要不是托尼，我早就发疯了。"

"可是，天哪，姬蒂——你该不会是说你和托尼——？"

"你也老大不小的了！别告诉我你一点怀疑都没有。我们最后一次吵完架的那晚，当我决定永远离开你的时候……托尼已经准备好让我来这儿找他。比尔，你这是在浪费时间，没用的。我不会回到你身边的！"

"可是，去他的，你是我的老婆！"比尔激动地大喊，"你以为我会袖手旁观，眼睁睁看着你对申顿这样的小无赖投怀送抱吗？"

"我倒想看看你要怎样阻止我。要是托尼向我求婚，你可得同意跟我离婚。"

"我会同意才怪！我在战时遇见过申顿，他的名声一塌糊涂，臭名远扬。"

"哦，好吧，如果你非要趁他不在场不能为自己辩护的时候诽谤他的话……"

姬蒂打开车门，一条丝绸包裹着的腿伸出来探到地上。比尔低声咒骂一句，把她拖了回来，越过她伸手把门"砰"地关上。

"听着，姬蒂，我们把事情说清楚。海德维克太太发出邀请的时候，我十分清楚你在想什么。在这种情况下，我是一定会拒绝的。嗯，而且我一开始也是打算这么做的，即使我找不到借口拒绝那位亲爱的老太太。但现在我改变主意了，而且不管你乐意与否，我明天都会过来。如果海德维克太太同意的话，剩下的三周假期我就都住这儿。对此你无权干涉。若你以为我会夹着尾巴灰溜溜地走出你的生活，只是因为你已经深深爱上了申顿，那你就疯了！我给你三个星期的时间认识自己的错误，恢复理智。

所以现在你该知道自己的处境了。"

"行啊。"姬蒂气冲冲地反驳,"到别墅来。我才不担心呢。与你分道扬镳,我没什么好伤心的。但你记住了,我不接受劝服。你可以说你想说的,做你想做的,但我是不可能回心转意的。我会嫁给托尼,你挡不了路。结局就是这么简单。"

"你凭什么这么肯定?"

"好吧,如果你一定要知道的话,我怀孕了,比尔,但不是你的。你就一笑置之吧。"

"姬蒂!这不是真的。"

"不是吗?行,再等上几个月,就连*你*也得相信我。"

比尔在那儿坐了一阵,一动不动,一言不发;接着,他突然绝望地转向姬蒂,扼住她的手腕。即使在这个幻灭的瞬间,他都并没有对姬蒂产生真正的恨意。她会把自己的生活搞得一团糟的——仅此而已。她感到无聊和孤独,他却没有发现。至于申顿?如果他并不知道姬蒂是有夫之妇,那眼下这个不堪的局面又怎么能怪到他头上呢?

他语带乞求:

"姬蒂,亲爱的——即使现在,我也不在乎……只要你能回到我身边。我们会忘记这桩烂事的。我何必要在乎呢,如果这孩子不是——"

"放开我——你听见没有?让我下车!"她突然比了

个粗鲁的手势，一把挣脱手腕，狠狠扇了他一巴掌，"你要是不开门放我走，我就喊人了！"

"好吧。"比尔闷声说，"好。"

他凑过去伸手打开了车门。她钻出车站定，理了理头发，抚平连衣裙，然后无视他的"晚安"，掉转脚步，踩着那双高得出奇的高跟鞋咔嗒咔嗒地上山了。他注视着她闪进斑驳的月光和棕榈树的树影间，直到走出自己的视线为止。奇怪的是，即使在这样伤感的时刻，他对她仍是满心怜爱。

在驱车缓慢驶过空旷街道回旅馆的途中，他拿定主意，面对眼下这个令人不快的局面，下一步该怎么办。必须抓住申顿当面谈谈，彻底问清楚他对姬蒂究竟有什么打算。如果他打算体面地解决……比尔耸了耸肩。他知道自己已经大势已去。可是，天哪，申顿必须光明磊落，否则……

第六章

梅瑞狄斯在蒙特卡洛

I

"您听我说，长官。"弗雷迪·斯特朗警长抗议道，"职责归职责，可您要是再逼我喝这该死的维希矿泉水我就搭飞机回去了！"

"抱歉，警长。"梅瑞狄斯笑着说，"我很同情你，但在这种地方不点饮料是行不通的。而你要是以为我会让你整天喝双份白兰地，然后还把账单塞到报销单里，那你可就比我还乐观了。"

"可是已经三天啦，长官！这讨厌玩意儿我一口都不想再喝了。而且我们似乎也没什么进展。我们要找的那个家伙一点蛛丝马迹都没有。太令人沮丧了。"

"这个嘛，办案就是这样的，不耐烦解决不了任何问题。但我向你保证，到今晚10点为止，要还没能从帽子里抓出兔子来，那我们就不打猎了。"

"那敢情好，长官。"弗雷迪刚说完，便急忙抬手捂住嘴，以掩饰自从来到蒙特卡洛后便一直萦绕着他的轻率言行，"对不起，先生，没忍住，我怕是有点失控了。"

尽管在下属面前小心掩饰，可梅瑞狄斯其实也万分沮丧。三天来，他们一直围着这些外国游客经常光顾的高级鸡尾酒吧和咖啡馆打转。布朗皮尼翁为他的英国*同行*起草了一份恰当的名单。梅瑞狄斯尤为关注曼哈顿和米拉马尔酒吧，那个油嘴滑舌的外国人就是在这两家酒吧与那两名英国人接触上的。在所有这些无聊又徒劳的时间里，他只搜集到了一整兜细枝末节的信息。通过在形形色色的酒吧里小心谨慎地向工作人员打听，他们得知，其中六家人，包括曼哈顿和米拉马尔，都见过这个荷兰人或德国人。大部分时候，梅瑞狄斯和斯特朗都分别行动，只有在吃饭的时候才碰头交换一下意见。

但就在那一刻——他们守株待兔的第三天，大约6点的时候——当时他们正面对面地坐在米拉马尔酒吧角落里的一张小玻璃桌前。几分钟前，梅瑞狄斯在和这个地方的众多男侍者之一交谈时，无意发现了一条蹊跷的证据。据这位恰巧懂英语的小伙子说，他最后一次见到这位圆脸先生在酒吧现身已经是上周四了。再细回想起来，他还发誓说，这位先生平时从不光顾米拉马尔，*除了星期四*——他还对这一惊人的说法做了进一步的补充：

"先生，您看，我们善于速记人脸，这是我们工作的一部分。这位特别的先生……他总是点伏特加。我们米拉马尔并不常卖伏特加，所以每当他进来的时候，我就想'啊，那位总喝伏特加的先生来了！'所以我快步走过去对他说：'老样子，伏特加？先生？'他*自然*很是受用，因为我记得他给了我一笔相当可观的小费。*然而没错*——总是星期四，先生。您会知道我没说错的。既然今天就是星期四……或许稍后……您跟我来，先生。"

梅瑞狄斯紧紧跟上。他回想起还放在皮夹里的那两个英国人的证词，就把它们拿出来草草扫了一眼。他暗自笑了。没错！他们也是在星期四遇上这个家伙的。那又怎样？这不就证明了他*只在*每周特定的那天才出现在蒙特卡洛的酒吧里吗？

II

大约半小时后，他们看见他进来了。根本就不会错认。他外貌特征的每处细节都与英国人的描述完全吻合。梅瑞狄斯飞快给了斯特朗一记意味深长的眼风，低声说：

"好了，老兄。就是他了。你别动。我想办法在他旁边占个位子。"

这回梅瑞狄斯运气不好。那人照惯例点完一杯伏特加后，朝吧台来回扫了一眼，犹豫片刻，悄悄走近一个左右都有人的空高凳，一边是个头发花白、打扮时髦的老花花公子，他正对着半瓶凯歌香槟哆哆嗦嗦地打瞌睡；另一边则是位金发的中年妇女，梅瑞狄斯觉得她应该是英国人。督察小心翼翼地挤过人群，尽量站在离他们最近的地方。

大约5分钟过去了，什么事都没有发生。紧接着，就在英国女人抬起杯子准备喝一口的时候，圆脸外国人突然用胳膊肘撞了下她的手臂。酒液溅到了吧台上。那家伙立马道歉，并抽出一块大丝绸手帕将桌上的狼藉擦拭干净。不出几秒，两人就愉快地交谈了起来。梅瑞狄斯离得太远，听不清他们在说什么，但乐得静候时机。他意识到，这不过是对方要把戏之前的开胃小菜。

不一会儿，男子又点了一轮酒，两人的谈话不仅更热烈，还更亲密了。10分钟后，在同伴明显的不满之下，这位英国女子便回请了一杯。自此，他们谈话的声音就降成了诡秘的窃窃私语，两人的头越靠越近，几乎碰到了一起。

接着，这并不登对的两人似乎突然达成了共识。男子以优雅熟练的手势将亮片外套披上她那丰满裸露的肩膀，将她从酒吧长凳上扶起来，恭敬地把她领向旋转门。

电光火石间，梅瑞狄斯转向还坐在角落桌子旁的斯特朗，头朝出口点了点。斯特朗起身，二话不说就加入了他的上司。他们穿过酒吧，走到月光下宽阔的广场上。路灯已经在充满异国情调的树木和花意盎然的灌木间亮起，精心打理过的花园地势倾斜，斜坡一直延伸至恢宏的塔楼和灯火通明的赌场圆顶。温热柔和的空气中弥漫着香水草的芬芳，棕榈叶间透出的半垂暮色下，一座喷泉在哗哗作响。可梅瑞狄斯对眼前地中海夜晚的浪漫魔力无动于衷，他紧盯着这对男女，他们就在不远的前方，正悠闲地朝赌场走去。

"看来他们要痛痛快快地玩上一晚，你说是吗，斯特朗？"

"并不奇怪，长官。他们很可能要上赌桌碰碰运气。"

"不对——慢着！"梅瑞狄斯不解地喊出声，"他们不是去赌场。他们在朝主入口左边的停车场走。喂，小子，动作快点，不然他们就溜了。"

两位警官加快步伐，刚好看到他们的猎物钻进人行道边一辆气派十足的劳斯莱斯老爷车的后座。梅瑞狄斯激动地转向斯特朗。

"我们的车就停在附近，是吗？"斯特朗点点头。"好极了，快去把车开来。我要你把车停在马路对面的另一侧。要是这家伙匆忙开走，我们就有机会能迅速跟上，明白了吗？"

　　"是的，长官。然后呢？"

　　"发动机别关，坐在驾驶座上不要动。"

　　斯特朗刚一跑开，梅瑞狄斯就装出漫不经心的样子，慢慢从劳斯莱斯旁走过，在旁边一根灯柱下站定。他从口袋里掏出一份报纸，佯装浏览。正如梅瑞狄斯预料的那样，路灯的光反射进汽车里面，使他能够清楚地看到后座上发生的一切。一切都不出所料。女子从亮闪闪的大手提包里取出支票簿，她的同伴则同时抽出一支钢笔，塞进她手里。然后，在女子填写支票的同时，男子拿出一大沓钞票，匆忙地点数起来。几秒钟后，交易完成，两人简短地交谈了几句，男子打开车门，略微欠身将女子扶下车。他最后挥动一下帽子，又浅鞠一躬，偷偷摸摸地观察了一眼四周，接着便跳上驾驶座，砰地关上车门，发动了引擎。

　　就在这时，梅瑞狄斯看见那辆黑色的小"跑车"停在了路的另一边。几秒钟后，他把警长从方向盘前赶下来。追踪开始了。

Ⅲ

　　这体验即便算不上令人毛骨悚然，但也足够刺激。在曲折公路的外车道急转弯，相对安全与绝对毁灭之间仅隔着一道15厘米高的马路牙子。事实上，有好几处沿着石岬的地方，沿海公路看起来似乎是静悬在海面上的。梅瑞狄斯感谢幸运之神，劳斯莱斯没有开上另外一条较高的海滨公路，前面开车的那位老兄极为自信，判断准确。不止一次，当开到笔直平坦的路段时，劳斯莱斯就与他们拉开了距离。但梅瑞狄斯始终紧张严峻地坐在方向盘后，他总能猛踩一脚油门，把前方的车锁定在自己前照灯的照射范围内。

"真是见鬼，长官！"弗雷迪舒了口气，整趟车程中，他的脚一直紧紧地抵着地板。"他肯定减速了。咱们聊聊电影吧……"

"想聊的话你自己聊，"梅瑞狄斯厉声说，"我忙着呢。"

"长官，您觉得他在往哪儿开？"

"看起来像尼斯。也可能是博略。我们刚刚开到郊区。"梅瑞狄斯凝视前方，突然说道，"天哪，没错——他是在减速。他好像要在这里右拐。"

梅瑞狄斯踩下刹车，一个急转弯成功地把"跑车"驶出主干道，开进了长长的梧桐大道，劳斯莱斯现在也在那儿停了下来。督察急忙停车，关掉发动机，熄灭前照灯，发出指令：

"来吧，斯特朗——咱们随便逛逛。点支烟，大声聊天。经过汽车时，别朝那家伙看。但看在上帝的分上，你尽量辨认出那房子的名字来。"

"没问题，长官，我和你一起。"

在弗雷迪的带动下，一场关于英格兰板球队优势的讨论开始了，接着他们又谈到了澳洲旅游。当两人与汽车平齐时，他们注意到司机已经下了车，正在开一幢中等大小的别墅的大门，房子隐在大路的后方。入口处粉刷过的柱子上清楚地刻着它的名字——瓦尔德布洛尔别墅。梅瑞狄斯在大约20米开外的地方停下来回头看，劳斯莱斯已经从敞开的大门里消失了。

10分钟后，梅瑞狄斯在博略警局对一名困惑且满怀疑窦的值勤队长说着他那学龄儿童的法语，这位队长坚决拒绝承认督察的官方证明。不过，当他提到布朗皮尼翁时，这位同仁的态度有所软化，并同意梅瑞狄斯用警局的机子给尼斯警察总局打电话。

又过了不到10分钟，布朗皮尼翁和警官简短地交流了几句，那家伙就为梅瑞狄斯所用了。所幸梅瑞狄斯的法语听力远胜于口语，所以他至少能抓住队长讲话的要点。

*是的！*瓦尔德布洛尔别墅——他很熟悉。位于巴利思大道，主人是个叫马洛伊上校的人。

"您的同胞，督察，在城里颇受尊敬。我想他是1946年买的这栋别墅。"

据队长所知，那里住着他和妻子。*是啊，除了用人，只*

有他和妻子。家里没有一个荷兰人或德国人吗？队长笑了。

"啊，您指的可能是他的司机尼古拉·博明，他是白俄。我之所以了解这些，是因为作为外国人，他必须定期来这里向我们报告。不——我跟他不熟。他很规矩，不喝酒，不偷窃，也没犯案。我就只关心这些。是——自从他第一次出现在博略大约有6个月了。我确信您还没有掌握到某些本该由我来发现的证据。如果他惹是生非，我却失察的话，那就不好了，督察。但我相信像马洛伊上校这样的人没那么好糊弄。他是不会雇用一个恶棍的。如果您认为这个尼古拉·博明是个流氓……"警长耸了耸肩，乐观地补充道，"*好吧，您或许判断失误了，先生。您觉得这有可能吗？*"

梅瑞狄斯本可以充分指出他这些没有建立在已被证实的事实基础上的假设是极不可靠的，但安全起见，他只是简单扼要地说：

"*有可能，我的朋友。*"

斯特朗茫然又钦佩地望着自己的上司。

IV

他们从容不迫地沿着海滨公路开车返回芒通时，梅瑞狄斯一路沉默着。意识到自己上司陷入了一种他称之为

"闷闷不乐的情绪"里后，弗雷迪明智地没有尝试开腔。事实上，梅雷迪正在飞快地思考，分析着在这一波三折的夜晚里所收集到的证据。

所以这个叫博明的家伙并不是劳斯莱斯的车主——他只是这个退役军官马洛伊的司机。这就很容易解释为什么博明只在周四才在蒙特卡洛的酒吧里开展"工作"了。毫无疑问，这是他的半天假。同样可以肯定的是，在这些时候，他的雇主允许他使用这辆车。当然，这证明了主仆二人之间相当友好和互相信任的关系。但如果接受这一前提，不就可以合理怀疑马洛伊本人与假币团伙有牵连吗？唔——要是没机会亲自评估他的品行的话，难说。博略的警察说他"在城里深受尊敬"，但那只是个笼统说法。一定要想办法更清楚地掌握到马洛伊过去的档案和现在的表现。

就目前而言，最好先不要对这个俄罗斯人采取行动。斯特朗可以胜任在对方周四休假时"跟踪"的任务，但愿他可能会联系团伙里的其他成员。身为外国人，博明必须定期到警察局报到，所以即使他已经起了疑心，但想从他们指缝中溜走的机会也很渺茫。司机一定会以某种方式将那些从非法印钞机上印出来的假钞收集起来。所以，正是博明，有可能将他们引至"白皮"的藏身之所。

至于马洛伊上校，梅瑞狄斯决定立即与苏格兰场取得联系。他们可以与陆军部档案室联系，并将这家伙的*信誉*和过去服役的相关信息用电报反馈过来。如果他看上去没有漏洞，那么这个马洛伊上校可能是值得信赖的。毕竟，作为博明的雇主，派他监视司机的行动是再合适不过的。另一方面，梅瑞狄斯不能忽略布朗皮尼翁和同行怀疑这起案子是由英国人组织的事实。托称英国军队的退役上校，只不过是罪犯在国外犯案时爱用的一个化名罢了。一位退休的上校，这身份自带一种坚实可靠的、几近神圣的气质；尤其是当他和妻子、气派别墅以及一位驾驶劳斯莱斯的司机联系在一起的时候！

第七章

摊 牌

I

周五晚上在帕洛玛别墅举行的那场桥牌会，在内斯塔·海德维克看来非常成功。尽管开局打得举步维艰，但到了结束的时候，她和比尔从马洛伊夫妇那里赢走了大约一万法郎。上校的妻子是个活泼健谈的小个子女人，一头开始灰白的红发。对这对夫妇而言，一万法郎微不足道。他们在喧闹友好的气氛里拿着雅文邑白兰地离开了，留下内斯塔和比尔扬扬得意地享受胜利的喜悦。

比尔并不急于上床睡觉。姬蒂和托尼一吃完晚饭就去当地赌场小试手气了，因为已经时值午夜，他们随时都可能回来。迪莉斯和皮利格鲁小姐非常看重睡眠质量，她俩早已睡下。比尔想见的不是姬蒂。他非常肯定，姬蒂回到别墅只要看到他还在客厅，准会直接上床睡觉。比尔想堵的是申顿，他急于与这位前皇家空军中尉托尼·申顿私下里直截了当地谈一次。

事实上，当比尔听到那辆韦代特拐上通往别墅后方车库的车道时，他正在喝"睡前一杯"。内斯塔看了看表。

"12:40！太不顾及他人了，比尔。这个叫林登的姑娘真是个狐狸精。我猜你一定看出来她对托尼相当痴迷了吧？"

比尔郁郁地说：

"我……我说不好。"

"这孩子显然是个傻瓜。她被迷昏了头，失去了判断力，可如果你问我，我敢说他已经开始厌倦她了。总是这样的，托尼带到这儿来的女人都是今天来明天走。自从这个无情的小混蛋搬过来之后，这房子里就不断有幻想破灭的女人进进出出。总有一天他会因此惹祸上身的。"

"惹祸？您这是什么意思，海德维克太太？"

"这些被拒绝的女人里总有一个会奋起反击，让他付出代价。托尼要是不留神点，说不定就会有哪个小女仆朝他杯子里扔一撮砒霜……"门开了，托尼站在明亮的灯光下像猫头鹰一样眨着眼睛。内斯塔的神情立刻变了，她宠溺地微笑着说："哦，亲爱的托尼，钱都输光了吗？今晚过得还愉快吗？姬蒂去哪儿了？"

"上去休息了。"他漫不经心地向比尔点点头，"喂，狄龙，来杯干邑如何？"

"我已经有一杯了，谢谢。"

"好，咱们喝一杯。"

内斯塔从椅子里起身，椅子不堪重负，她那将近90公斤的身躯只能勉强塞进去。内斯塔打着呵欠站起来。

"好吧，你们小伙子要是还不想睡的话……我得去睡美容觉了。晚安，比尔。别让他喝太多。"她向托尼伸出双臂，"晚安，小坏蛋。不要太晚。你看起来很累。"

托尼带着顺从的神气吻了吻她的双颊，又玩笑熟稔地把她推向门口。面对他的这些小殷勤，内斯塔几乎是低声细语地表示了感谢，作为回敬，她拧了拧年轻人的耳朵。托尼皱眉。

"喂！好疼的。"

"活该。"内斯塔不悦地说，"最近你对我的态度恶劣得很。自从林登那个轻骨头来了以后你就完全不理我了。你这个禽兽，托尼。他是禽兽，你说是吧，比尔？一个臭脾气、鲁莽、以自我为中心的禽兽！"

"噢，看在上帝的分上——"托尼开始不耐烦了。

可内斯塔已经拖着沉重的脚步离开了，砰地摔上门。

II

比尔压低了声音，平静地说：

"我一直在等这个机会，申顿。咱们需要谈谈。"

"我们？这可有点新鲜，老兄。谈什么？"

"你和姬蒂·林登的风流韵事。"

托尼本来伸着两腿搭在长沙发的扶手上，一听这话慌忙坐直，苍白的脸立马涨得通红。他大声问：

"这跟你有什么关系？"

"很有关系。我想知道你对姬蒂有什么打算。"

"哦，你想知道，是吗？"托尼冷笑，颤着手把半杯干邑白兰地放到桌上，"好吧，我们直说了吧，狄龙。我是不会让你或其他任何人来打探我的私事的。"

他朝比尔迈近一步，扬起下巴，恶狠狠地握起拳头。有那么一瞬间，比尔以为他要出拳了，便改变了自己的姿势，绷紧了身体，准备在那家伙发狂时自卫。他意识到，如果真到了一决胜负的时刻，各方面都对他有利。尽管两人身高、体格相仿，但经过近期在山间的锻炼，他非常健康。而申顿的状态并不好，松弛得像块湿海绵。比尔非常直白地说：

"你最好直接回答我，申顿。"

"你这样认为吗？"托尼笑带讥讽，"我想内斯塔应该

也没让你这么做吧？天晓得这个善妒的老巫婆。但如果真
是这样的话，你可以就此打住了。我不需要向内斯塔汇报
我的——"

"这与海德维克太太无关。"比尔插嘴道。

"那他妈……别告诉我你爱上她了？该死！你只见过
她一次而已。"

比尔再次重复：

"我想知道你对姬蒂有什么打算。我有充分的理由提
出这个问题。

托尼轻描淡写地说："哦？什么理由？"

"*她刚好是我的妻子！*"

他茫然震惊地盯住比尔，接着伸手拿住酒杯，一口气
喝光剩下的白兰地，轻蔑着说：

"你疯了吗？你真以为我会信你这话？姬蒂是你的妻
子！再想个好点的理由，老伙计。"

"如果你不愿意相信，可以不信，但这刚好是真的。
姬蒂向你隐瞒了这件事，申顿。她猜你要是知道她已婚的
话一定会离开她。所以当你几个月前出现在伦敦的时候，
她对这件事守口如瓶，让你带她四处转转，直到转弯抹角
地让你邀请她上这儿来。她真聪明啊，是不是？"

"但为什么——？"

"慢着！我还没说完。姬蒂觉得自己爱上你了。行

吧——如果她真爱上了，那我也无能为力。我让她回到我身边，但她不肯。她坚决得很。我觉得自己无论怎么说怎么做都无法让她回心转意了。但在回家之前，有一件事是我*能*做的……也是我他妈的一定会做的事。"

"真的？什么？"

"看到姬蒂得到公正的对待。"

"被我吗？"托尼冷笑。

"就是你！"比尔怒吼道，"姬蒂怀孕了。你的孩子，申顿，不是我的。孩子父亲的身份确凿无疑，所以你休想耍滑逃避。现在你明白我的意思了吧？"

"你是说……"托尼目瞪口呆，语无伦次地说，"我……？"

"你立刻与姬蒂结婚。听懂了吗？天晓得这是我最不愿看见的一幕——她嫁给一个像你这样的浪荡子。可是她偏偏爱上了你，还渴望嫁给你——"

"你会跟她离婚吗？"

"正是。"

"如果我拒绝你慷慨的提议，拒绝接手你不再需要的妻子呢？"

比尔抓住托尼的手腕，猛地把他往前一拽，举起紧握的拳头。

"我向上帝发誓，我可能会把你揍扁！姬蒂是我的一切。如果她要我，我明天就带她走，不管有没有这个孩子。你越早明白越好。自从我第一次见到姬蒂，就爱上她了。现在仍然爱她，也将永远爱她。但看在她的面子上，我请求你做正确且体面的事，娶她。"

"如果我不娶呢？"托尼嘲弄地问，"你打算怎么办，嗯？"

"那么，天哪，我可不敢保证会有什么后果！我警告你，申顿。也许你可以跟别的女人随便玩玩，但你要是敢这样对姬蒂的话，有你好受的。所以你要是识相的话，就小心点。言尽于此。"

III

姬蒂正坐在床上涂指甲油，这时房门无声地开了，托尼走了进来。她并不是很惊讶。这绝不是托尼第一次溜进她的卧室。事实上，这些依依不舍的"晚安"已成为他们轻松、草率的关系中的一种仪式。直到姬蒂看清他那过分俊俏的脸庞上的表情，才不禁打了个寒噤，明白一定是出了什么事。他的这次拜访显然与任何调情嬉笑无关。托尼带着一股情绪，根据他的脸色，还是相当厌恶的情绪。

她小心翼翼地壮胆问道：

"托尼亲爱的，怎么啦？出什么事了吗？"

他迅速而又小心地关上身后的门，走到床边，不悦地厉声说道：

"我刚刚和狄龙谈过了，仅此而已。"

她的呼吸一滞。

"是吗？都谈了什么？"

托尼尖酸地说：

"好像你不知道似的！"

"可是，亲爱的，"姬蒂有些无措，辩解道，"我怎么会知道呢？希望你……"

他突然插嘴说：

"这事你他妈的为什么要瞒着我呢？"

"我……我不明白你在说什么，托尼。我真的不明白。"

"哦，看在上帝的分上，别装无辜了。我们在伦敦重逢时，为什么不告诉我你已经和那个叫狄龙的混蛋结婚了？"

"但是托尼亲爱的——"

他越说越愤恨：

"好吧，我来告诉你你为什么没说。因为你很清楚，如果我*知道*你已婚的话，我是不会请你来这里的。我必须承认，你的小故事已经讲得很精妙了。孤独的单身小姑娘，是吗？——身无分文，举目无亲。而我也就轻而易举地上当了！"

"托尼！你太坏了，你心知肚明。我正打算告诉你比尔的事呢。我真的打算告诉你的。"

"或许吧——但这里你是待不下去了。"

她绝望地恳求道：

"可是，亲爱的，你一定要听我说。关于比尔的事，我从来都没真正打算欺瞒你。我一到这儿就想告诉你的。然后……这个，我们之间相处得这么好，我实在没办法让自己……"

他火冒三丈地打断说：

"在你跟我撒了那么多该死的谎之后，你还指望我信吗？"

"为什么不呢？这是事实啊。"

"事实！"托尼讥笑道，"可惜，狄龙今晚很健谈。他跟我说了很多。真遗憾，你就不能学学他吗？"

"他说了什么？"姬蒂底气不足地问。

他直截了当：

"你打算生下来的这个小鬼。"

"比尔告诉你的？"姬蒂深吸了一口气，"他告诉你我怀孕了？"

"是的，这还只是一半。你跟他说我该负责任，是不是？"

"可是，托尼亲爱的，这是真的。我只是在等完全确定之后再告诉你。你很清楚，这是*我们的*孩子，托尼。你知道的，对吗？”

“我明白了。现在你打算让狄龙和你离婚，从而让我能做正确的事并且娶你。看在上帝的分上，别费心否认了。狄龙打的也是这个算盘。你们疯了——你俩都疯了！我才不会自投罗网呢，你们还是忘了这茬吧。”

“你是说，即使比尔准备离婚，你也不会娶我？”

“我不会娶你，也不会娶其他任何人。就这样。”

“可是托尼，你不能现在丢下我不管！”姬蒂绝望地哭诉，“我们都要有孩子了。”

“哦，我不能吗？你走着瞧！”

“可我该怎么办呢？我能到哪里去？”

“换个问题吧。何不回到你高尚的丈夫身边？他不顾一切地想让你回去呢。”

“我就是死也不会回到他身边！”

“好吧，如果你这么想的话……”他耸耸肩，“但别指望我帮你摆脱困境。你是自己走进这门来的，我可没逼你，所以你不能因为发生了这些事就怪到我头上来。天哪，你想都别想！要不是你自己粗心大意，也不会陷入这步境地。”

“托尼！你真残忍。”

他又耸耸肩。

　　"好吧，我给你一个星期的时间考虑到底该怎么办。之后，你就搬走！明白吗？"

　　托尼没有给她继续争论的机会，他转过身，快步走到门口，无声地消失在了黑暗的走廊里。

第八章

马洛伊上校

I

弗雷迪·斯特朗警长感到万分烦闷。前一天他给帕洛玛别墅打了两次电话，请求与韦斯特马科特小姐通话，每次都被——显然是某位用人——告知她出门去了。弗雷迪正处于一段恋情初始时的超级敏感阶段，自然愿意往最坏里想。毫无疑问——尽管那个姑娘在画廊里表现得极其友好，但现在却在跟他玩失踪。女仆应该是经她授意才这么说的；也许就在这冷漠的回绝之箭射向他的时候，她正躲在电话后面冷笑呢。弗雷迪无论如何也想不出自己怎么得罪了她。当然，由于要去蒙特卡洛出勤而不得不失约，真是倒霉透了。可他想不明白，自己已经深表歉意，她一定能理解这是他最不愿意面临的局面了吧?

那个周六夜晚,等到弗雷迪入睡的时候,他已经深陷忧郁不能自拔。

弗雷迪很早就醒了,迎接他的是百叶窗外那惯常的如洗长空。旅馆楼下有女人在唱歌——欢快悦耳的曲调飘上来,像一掬晶莹的水。稍远一些的地方,孩童的笑声在晨曦宁静的街上回响。再远一点,古老城镇屋顶上红色波形瓦的那一侧,一阵微弱清亮的钟声正召唤着人们前去晨祷。

弗雷迪腾地一下从床上一跃而起,前一晚的沮丧已经被复苏的情绪冲刷得一干二净。天哪!万一韦斯特马科特小姐在他打电话的时候真的是出门了怎么办?如果他误会她了呢?宣告第一轮比赛结束的战铃还没拉响就认输,这不是太蠢了吗?行动!局势所迫,立即采取果断行动。

在街道图的帮助下,弗雷迪已经准确找到了圣米歇尔大道的位置。何不早饭前在这一带走走,顺便看一眼帕洛玛别墅呢?毕竟,了解一下这女孩的住所还是会很有意思的。再说了——弗雷迪一想到这点,脑筋就一下活泛了——韦斯特马科特小姐不也很有可能会在早晨遛下狗或散个步什么的吗?很有可能,他们就能遇上了。然后就……一切皆有可能了!

半小时后,弗雷迪漫无目的地走过帕洛玛别墅的大门口。

他已经在圣米歇尔大道上折返闲晃了六个来回了。有两次他甚至在前车道的格栅门前蹲下，把并没有松的鞋带解开再系上。但在别墅刷成粉色的墙壁和绿色的百叶窗背后，一切都安静得令人泄气。

正当他在山脚下打转准备第七次上山时，一辆深红色韦代特突然拐进林荫道，攀爬了100米左右来到别墅跟前，轰鸣着开进敞开的大门。虽然汽车只是一闪而过，弗雷迪也难以忽略驾驶座上那位金发魁梧的年轻男子。事实上，任何一个金发碧眼、体格健壮、开着深红色韦代特进帕洛玛别墅的年轻人都是潜在的情敌。他想知道这是不是韦斯特马科特小姐提到的那位艺术家，尽管她的态度有点不以为然——就是她在画廊里看到的那幅画的作者。

弗雷迪加快脚步，再次来到别墅门前，并朝院子里打量。韦代特没有在房前停下，这证明它开进了车库，弗雷迪此前已经侦查过后院的情形。通向一面地势稍高的花园墙前有一扇小栅格门，这为弗雷迪提供了不可或缺的窥孔。他将眼睛凑近栅格的一处缝隙，这样就能将停车场一览无遗。

那个穿短裤和背心的年轻人站在车旁，一手拿着根钓竿，另一只手拎着个藤条编的大鱼篓。他把已经拆卸完毕的鱼竿插进箱子里，靠在汽车的一侧，然后掀起鱼篓的盖子。尽管弗雷迪不爱钓鱼，但还是很好奇这家伙一大早都有些什么收获。

就在这时，弗雷迪很是吃了一惊。年轻人小心翼翼地从鱼篓里取出一块光滑的大圆石，圆润的表面上还粘着几块黑沥青的斑块。他打算用这个古怪又不能吃的"渔获"做什么？弗雷迪永远也没机会知道了，因为就在那一刻，一个年轻又特别讨人喜欢的女仆从侧门走出来，端着一碟牛奶，身后还跟着一只灰色的小猫。她一出现，年轻人便赶紧把鱼篓里的大圆石放回原处，并啪的一声合上盖子，然后踱到正把碟子往地上放的女孩身边。他飞快环顾了四周一圈，然后熟稔地伸手搂住她婀娜的腰身，毫不避讳地吻住她。

弗雷迪对事件的突然转换多少感到有些尴尬，他意识到再偷看下去也不会有什么收获了，便从格栅上收回视线，转身下山。就在那时，他又意外地大吃一惊。不足50米外，沿着圣米歇尔大道正缓缓前行的不正是韦斯特马科特小姐吗！她正兴致勃勃地和一个年轻人交谈，斯特朗警长凭借训练有素的观察力，毫不费力地认出了他。这正是他们在敦刻尔克遇见过、前几天又在芒通的*金鱼咖啡馆*不期而遇的那个家伙！

Ⅱ

有那么令人窒息的一瞬间，弗雷迪觉得他们一定是看见他从大门外往里偷窥了，但女孩的第一句话让他的心落回了肚子里。

"啊喂，是*你*！你究竟打哪儿来？"

弗雷迪抓住时机打算敬礼，他举起一只手，想要举帽致意。接着却意识到自己根本没戴帽子，这无疑让他本已十分尴尬的处境更添了几分混乱。他深吸一口气：

"没想到会碰上你，韦斯特马科特小姐。你住这附近吗？"

迪莉斯指指别墅。

"那儿，"她说，"绿色百叶窗的那间。狄龙先生和我刚刚去做了早礼拜。"她又转向比尔说，"对了，史密斯先生，我想你还不认识狄龙先生吧？"

"见过见过！"比尔赶紧接上，"我得说咱们见过。我们走到哪儿都能遇上，简直'难舍难分'，对吧，斯特朗？"

弗雷迪心里一抖。史密斯——斯特朗。他祈祷韦斯特马科特小姐可千万别注意到这一差异。但迪莉斯，已经开始怀疑眼前这位年轻人的*可信度*，她马上接口道：

"斯特朗？但这不是斯特朗先生，他是史密斯先生。*约翰·史密斯*。"

比尔哂笑。

"啊，他几天前还叫斯特朗——惠特利-皮尔比姆斯公司销售代表的助理。"

"惠特利-皮尔比姆斯？"迪莉斯弱弱地重复。

"米德尔斯堡的大建筑公司。"比尔立即解释道，"也是家顶尖的公司。我都希望成为他们的员工呢。"

"米德尔斯堡！"迪莉斯转过身来，带着责备的神色盯住弗雷迪，"来出差的工程公司的销售代表？但……你明明告诉过我——"

"我知道，"弗雷迪痛苦地打断迪莉斯，"我非常抱歉。在画展上我恐怕确实对你有所欺瞒。"

"我明白了。"迪莉斯冷冷地说。

"请相信我，"弗雷迪手忙脚乱地说，"我不想对你撒谎……至少不是故意的。我……我就是忍不住……如果你能明白我的意思。"

"相当明白。"

"昨天我给你打了两次电话，但他们告诉我你出去了。"

"是的——狄龙先生开车带我到尼斯去看原始派画展了。他是我姑妈的一位老朋友，目前和我们住在一起。"

"哦。"弗雷迪闷闷不乐地说。

迪莉斯转向比尔，后者在这短暂的谈话过程中一直站在后面欲言又止，脸上似笑非笑。

"嗯，我想咱们该走了。如果早餐时间迟到的话，姑妈会大发雷霆的。那么，再见了，呃，史密斯先生。"

"再见，斯特朗！"比尔使坏地说。

"呃……再见……再见。"弗雷迪含糊地说，"很高兴见到你……"他无望地朝迪莉斯看一眼，"也许什么时候，韦斯特马科特小姐，我们能否……"

"可以。"迪莉斯一锤定音，"但我一点都不指望。"

III

回到路易旅馆，他发现梅瑞狄斯督察正坐在餐厅里喝咖啡、吃着面包卷。梅瑞狄斯眼神锐利地朝他看过来。

"喂，小子，你怎么回事？我去敲你房门，没人应答。"

"出门晨练去了，长官。"弗雷迪解释，并带着一种诡异的欢欣补充道，"真是个可爱的早晨啊，活着真好，是吧？"

"嗯，我很高兴你决定现身，警长。我有消息要告诉你。"梅瑞狄斯环顾四周，压低声音接着说，"布朗皮尼翁刚刚从尼斯打来电话，关于香烟的那档子事，我告诉过你。他们从阿尔及尔警方得到消息，一艘快艇昨天没有拿到清关许可就离开了港口。据说因为有点薄雾，游艇一眨眼的工夫就溜了。等港务局发现时，它已经逃得无影无踪了。"

"他们认为这里是目的地吗，长官？"

"没错。布朗皮尼翁认为他们今晚会把东西偷运到这里和尼斯之间的某个地方。他们派出六艘汽艇在近海巡逻，并在沿岸各个他们认为可能的卸货地点派了人。"

一时间，弗雷迪被梅瑞狄斯简短的叙述激发起了兴趣，将刚刚在圣米歇尔大道上发生的令人沮丧的一幕抛诸脑后。

"长官，您是说他们的汽艇一靠岸就立马卸货？"

梅瑞狄斯对这个问题点头表示赞赏。

"我问了布朗皮尼翁同样的问题，斯特朗。但据他说，他们不会。他们通常是两到三艘较小的船从沿岸的不同地点出发，在几公里外与游艇会合。然后货就分散了，明白吗？结果——如果警察运气够好逮住了其中一艘船，其余的就能逃走了。这些小船开到预先约定好的沿岸的开阔地带，通常是靠近大海的滨海公路附近。原因当然是便于大马力的汽车快速将这些货运到他们的分销中心。"

"听起来组织得很严密，先生。"

"没错，警长。布朗皮尼翁问我们是否愿意加入今晚的'小聚会'。当然，我们可能会一无所获；但另一方面，也可能会很有意思的。你怎么看，小子？"

"当然去啊，长官！"弗雷迪急呼，"这应该有助于我们搞清这帮法国警察都是怎么办案的。"

"正合我意。我已经让布朗皮尼翁安排我们参加这个计划了。他会在晚上6点左右来当地警局跟我们碰面。哦，这还不是全部。我收到了苏格兰场发来的电报，关于那位博略的上校的。"

"马洛伊吗，先生？"

梅瑞狄斯点头。

"他们已经查过了他在陆军部的档案。一名一流的军人，完全值得信赖——这是他们经过深思熟虑后给出的意见。所以我想我们可以有把握地说，博明是瓦尔德布洛尔别墅里唯一一个和这桩汇率以及假币案有关的人。不管怎样，我决定赌一把。"

"赌一把，长官——您的意思是？"

"我们今天上午开车去博略会会这位马洛伊上校。我要开诚布公地请求他的帮助。这是冒险，我承认，但也是谨慎的冒险，而且说不定会有意想不到的收获，警长。所以用你最快的速度把这块*布里欧修面包*吃了，然后赶紧把车从车库里开出来。"

IV

那个星期天的早晨，他们如有神助，前往瓦尔德布洛尔别墅的旅程从一开始就无往不利。当他们抵达别墅的时候，劳斯莱斯已经停在了门廊前，博明穿着深绿色的制服，正引着一个矮小瘦弱的女人坐进宽敞的车厢。梅瑞狄斯确定这就是马洛伊太太，根据她那身暗沉但考究的装束判断，上校的妻子此行应该是去教堂。因为担心打草惊蛇，梅瑞狄斯特地等到劳斯莱斯拐进大道南端的主路后，才让斯特朗跟在后面，大步走上短短的车道，来到前门。

几分钟后，他们依旧走运。在门厅尽头一间摆满了书的小书房里，他们和马洛伊上校握上了手。在梅瑞狄斯看来，这里仿佛不再是法国，而是大英帝国中一个微小但又绝不会让人错认的碎片。一切不出所料——几套军装，一架子猎枪，几件鲑鱼标本，一个摆满银杯和奖杯的壁炉架，房间里到处都是上校在东方游历时搜罗的凌乱纪念品。

至于上校本人，他像变色龙一样融进了背景里。高个儿，瘦削，一头银发，长长的上嘴唇上方留着短而密的小胡子，还有一个鹰钩鼻，钢蓝色的眼睛带着宽容与幽默望着外面的世界——梅瑞狄斯立刻就认出了这类人：或许顽固不化、墨守成规，但假以时日，定可成为莫逆之交，值得信赖。出示完证件，梅瑞狄斯解释了自己来南法的目的，并概述了他造访瓦尔德布洛尔别墅的原因。马洛伊上校一言不发地听着，没有发表任何意见，直到梅瑞狄斯解释完毕，他方一脸怒容地说：

"所以博明那个该死的家伙不是好人，对吗？我并不意外。我从来没有真正信任过他。雇他是我妻子的主意。她喜欢他的彬彬有礼。但女人比我们更容易被这种东西迷惑，是吧？现在你到底想要我怎么做，督察？解雇他？还是把他交给当地警察？"

"天哪——不！我们最不希望的就是这样了。您看，先生，我们认为博明只是大转轮上的一颗小齿轮。我们信任您，希望您将对这家伙留点神。比如，您要是发现他有任何可疑行为——"

"就和你们联系，是吗？嗯，有道理。我处于有利的战略位置，他就在我眼皮子底下。"

"那我们就算您一份啦，先生？"

"全力以赴。"

"好得很。"梅瑞狄斯说。上校乐意帮忙，他很高兴，"请告诉我，先生，博明住在这里吗？"

"是的，他在车库的楼上有几间房，和其他仆人一起在厨房吃饭。"

"我明白了。我们来的时候注意到那辆车正要开走。"

"是的。我妻子在这里参加英国教会。博明总是开车送她去教堂，他在外面等，然后再接她回来。要不是腰痛，我自己也会前往的。"

"先生，您估计他们什么时候回来？"

"哦，至少再过一个半小时吧。"

"我们能看看那些房间吗？您要是反对，我们也表示理解。"

"亲爱的朋友，为什么不呢？博明很可能锁了门，但我有一把备用钥匙。我马上带你过去。当然，除非你希望——"

"不。我想请您也一起去，上校。如果我们*能*在不被家仆看到的情况下展开调查，那就更好了。无论如何，我们都不想让博明警惕起来。"

几分钟后，三个人爬上外间楼梯，走向司机那间位于车库楼上的舒适的小套房。站在一间狭小但布置得很安乐的客厅里，梅瑞狄斯解释说：

"我们特别想搞清楚博明是怎么弄到刚做好的假钞的。他是大批量地进货存起来直到卖给他的……呃……客户呢？还是，譬如说，少量多次地入手？顺便问一下，上校，您允许那家伙在半天假期里用车，是吗？"

"是的，要命！你怎么知道的？这是我妻子给他的特权。并不是说我赞成这种过分的骄纵，但眼下好司机真的很难找。这是我妻子的突发奇想，给点甜头来让那家伙保持工作积极性。你想让我取消准许他开车闲逛的特权吗，督察？"

"远非如此，先生。我想让您不要阻拦他。我已经派斯特朗警长这周四去跟踪那家伙了。我们希望他最终能把我们引向犯罪团伙的核心中枢。现在我们来快速梳理一下这家伙的家当吧。"

"看他有没有把假钞藏在床垫底下，是吗？"

"大概就是这个意思，先生。如果没有，那他一定是在什么地方和团伙里的其他人定期交接。好了警长，我们开始吧。常规搜查，你知道流程。"

两位警官一起对司机的两个房间进行了熟练且全面的搜查。所幸博明的私人物品少得可怜，许多内置的抽屉和橱柜也都是空的。20分钟过去，梅瑞狄斯非常满意，所有可能的藏匿之处都彻底搜查过了。他转向上校。

"嗯——和我预料的差不多。没有假币的影子，没有书面证据，事实上，也没有任何证据表明他与团伙有任何联系。当然，总会——"

"这儿。等一下，长官！"斯特朗兴奋地打断梅瑞狄斯，"我好像找到了什么。看这个。"警长拿出一个皱巴巴的、撕了一半的信封。"我发现它被折成楔形卡在窗棂里，这好像就是窗户会咯吱响的原因。"

梅瑞狄斯拿起那个破信封，朝里面看。

"但这该死的东西是空的，警长！"

"我知道，长官，但你看看它背面，看起来像某种地图。"

梅瑞狄斯赶忙把信封翻过来检查那幅草图。

　　"看起来是个街道的平面图。遗憾的是角落被撕掉了，另外一半似乎不见了。"梅瑞狄斯把那张皱巴巴的纸抹平，放在桌子上。"我们来更仔细地看一下。您也来，上校。您比我们更了解当地的地形。或许您能认出那个地方。"

　　三个人默默地盯着那张粗糙残缺的图看了一会儿。它看起来似乎包括了三条围成了一个小三角形的道路。三角形顶点的对面标有一个十字，旁边写着"C.C.6a"。三条路中最宽的、事实上也是构成三角形的基础的那条，铅笔在两条平行线之间轻轻写了"ARTE"四个字母，空了一格，然后是"QL"。

　　"那么，先生，您怎么看？"梅瑞狄斯一边问一边抽出笔记本，把地图抄了下来，"有点费解，是吗？"

　　上校点点头。

　　"真遗憾，我们找不到丢失的那一半。这半圆形的裂口正好把字母切开了。这些字母显然代表了地名——"马洛伊打断了话头，兴奋地补充道，"等一下！我找到了一个线索。"

　　"真的吗，先生？"

　　"是的，这个 QL。注意到 Q 后面的空格了吗？我觉得这个 Q 代表 Quai（码头）。你明白了吗？什么什么码头。要是我猜对了的话，你明白意思了吗？"

　　"我们将锁定港口附近的某个地方。"

"我就是这么想的。当然，也可能是错的。但值得跟进。提醒你们一句，这片海岸线上有好多港口，但我相信当地警察——"

"没错。我马上和他们联系。"

"那么这个十字呢？您怎么理解？"斯特朗问。

梅瑞狄斯眨了眨眼。

"我有自己的判断，但现在，警长，我不打算说。"督察瞥了一眼表，"我们还有一点时间，但我猜在这儿待下去也不会有什么新收获了。"他转向斯特朗，"把信封重新折好，小子，就像你发现时的那样，把它塞回窗框里去。那就这样了，上校？对您的积极配合，我们的感激之情难以言表。不过，还请您保密，最好别告诉马洛伊太太我们拜访过您，可以吗，先生？"

"必须的！"上校愉快地眨了眨他那双钢蓝色的眼睛，"督察，您或许听过一句古老的法国谚语。"

"什么呢，先生？"

"舌头是女人最拿手的武器，她绝不会让它生锈！恰当吧？再恰当不过了！"

第九章

图里尼公寓

I

6点钟，布朗皮尼翁督察的车准时准点地停在芒通警察分局的外面。梅瑞狄斯和斯特朗已经在里面和值班警官聊了几分钟了，布朗皮尼翁咋咋呼呼地跟他们打招呼。

"啊，真是天大的荣幸，*我的朋友们！* 正如你所说，我们大家并肩作战是件好事。今晚可能会大有斩获，但也可能会大失所望。就我们的经验来说，保持乐观还是很有必要的。"他朝值班队长转过身去，"能找个房间让我们单独说几句话吗？"

警官推开一扇通向主办公室的门。

"*请，督察先生！*"

门一关上，布朗皮尼翁就转过身来非常戏剧性地对梅瑞狄斯大声宣布：

"先生——我们得到了！"

梅瑞狄斯一脸茫然。

"得到什么了？"

"你想要的信息……那个信封上的小地图。你一给我打电话，我就把所有需要的地图都收集起来了。我对我的手下说：'找出这个地方，不然就别想活了！'老兄——就在我离开尼斯前的10分钟，他们找到了我们要找的信息。那些小子还挺能干的，你说是吧？"

"可不是！"梅瑞狄斯高兴得提高了嗓门，"那么，我亲爱的朋友，答案究竟是什么呢？"

布朗皮尼翁做了一个炫耀的手势，从口袋里抽出一张大地图，拍在房间中央的小桌子上。

"看这儿——芒通的街道地图。"他从另一个口袋里拔出一支铅笔，在地图上指指点点，"这里，看……海港。这里，海港旁边有条公路。你注意到它名字了吗，督察？"

"波拿巴码头。"梅瑞狄斯读道。

"没错！在小三角形的左边，你记得吗，字母'ARTE'，现在有了！右边的'QL'，请您再读一下。"

"劳伦蒂码头。"

布朗皮尼翁耸耸肩。

"很简单，对不对？我们现在要做的就是去到港口，*准确地*找出这个标成'C.C.6a'的十字的意思。或许你已经有想法了？"

"只是有个预感。"梅瑞狄斯点头。

"笼子①——那是什么？"布朗皮尼翁困惑地问道，接着突然灵光一现，"啊！我懂了，你们用来养兔子的笼子。可这个十字为什么是表示——"

梅瑞狄斯突然笑了出来。

"打住，老兄，不然我们就是鸡同鸭讲了。"梅瑞狄斯无助地瞥了一眼斯特朗，"天哪，警长，你怎么形容'预感'这东西呢？"

"凭直觉猜，先生。"弗雷迪立刻接话。

"凭直觉——？"布朗皮尼翁问道，他更迷惑了。

"好了，这个话题就过去吧。"梅瑞狄斯急忙插嘴，"如果我推测准确的话，那我就有了一个相当明智的想法：这个十字标记了那个地点。"

"哪个地点？"布朗皮尼翁问道，他还是一头雾水。

梅瑞狄斯点头。

"就是'白皮'·科贝特的藏身之所。他和团伙成员印假钞的地方。"

---

① 原文为 hunch-hutch

布朗皮尼翁吹出一声口哨。

"*好极了，我承认这不无可能。*"

"如果'C.C.'代表的不是'白皮'·科贝特，"梅瑞狄斯争辩，"那我就没办法了。6a可能是那栋房子或公寓的门牌号。"

"也对，先生。今晚，在我们把注意力转向另一件小事之前，先去码头走走也是好的。事情总是这样，一连几天都没有进展，然后……去他的！一下子什么事儿都来了。"布朗皮尼翁把地图折起来塞回口袋，"*现在言归正传，朋友，我来告诉你，今晚我们该怎么走。我突然想到……*"

II

将近黄昏的时候，三位警官把车停在市场那边，自己沿着波拿巴码头步行闲逛。梅瑞狄斯非常享受漫长的职业生涯中这段独特且生动的插曲，这是个引人深省又勾起乡愁的时刻。再过不到半小时，他此行的调查极有可能就要画上句号了。随着"白皮"·科贝特被捕，假币生产的终止，整个假币及外汇的骗局就将自然消亡。他意识到，要离开这条阳光明媚、波光粼粼的海岸线并非易事，这里有梯田葡萄园与橄榄园，有棕榈树和夹竹桃，有漂亮的仙人掌，弥漫含羞草香气的街道，还有不可思议的蓝色海洋。他一想到二月夜晚的老肯特路①，便不禁打了一个哆嗦。

可事实就是这样。任务就是任务。他是到南法来逮捕"白皮"·科贝特的，科贝特一旦被抓，他就不得不写上一个"完"字，收拾行李离开这里，回到美丽的家乡——英国。

因此，梅瑞狄斯五味杂陈地听着布朗皮尼翁的解说：

"前头不远处的三角形的棕榈园就是我们要找的地方。我们在这里左转。这一区不是什么好地方。非常穷，还很……"布朗皮尼翁优雅地捏着鼻子，"你注意到了吗，朋友？"

梅瑞狄斯当然注意到了！一种混合着大蒜、污水还有潮湿腐臭的气息从不通风的巷道里冒出来，小巷一直蜿蜒向海边的梯田里。贫困和萧条的气氛笼罩着整个地区。就连那一小片棕榈树下摆放的几张一看就知道坐着不会舒服的铁艺板条座椅，也像用旧了的鸡毛掸子一样，污糟不已。

他们毫不费力地就锁定了博明的小地图上用十字标出的那座建筑物。这显然是一幢廉租房，在战时很可能疏忽了，这幢房子眼下急需修缮。已经褪色的绿色外墙上灰泥斑驳掉落，歪斜的百叶窗和简陋的铁阳台也是满目锈蚀，等着重新刷漆。整幢房子的正面，阳台与阳台之间悬着一

① 位于伦敦东南部。

行行颜色艳丽的内衣，活像一面面破烂的旗帜。整个地方
凋敝得似乎只要一阵风就能被夷为平地。

"图里尼公寓。"斯特朗从嵌进墙体的碎石匾上读到，
"老天啊，先生！真是个兔子窝。我们需要一只雪貂①把这
位'白皮'给引出来。"

布朗皮尼翁指出：

"毫无疑问，这就是我们要找的那位朋友的门牌号。
6a是吗？走！咱们进去探访一番！"

督察按下生锈的门铃，一位上了年纪的老太婆头上披
着一条黑色披巾，脚上穿双地毯拖鞋，踢踢踏踏地穿过玄
关内小房间的玻璃门来应门。小房间里不止她一个人。一
瓶廉价红酒放在桌上，桌边坐着一个干瘪、白胡子的小个
子男人，脸色苍白得像核桃一样。他咯咯笑着，自言自
语，带着一个孩童在想象中的险境里痛苦挣扎时的那种不
自知的天真。

"对不起，夫人——您是这儿的管理员吗？"布朗皮
尼翁问道。

"是的，先生。"发现了督察斜瞥过去的视线，她解
释道："唉，先生，我丈夫他再也不能胜任工作啦。他有
点……"她意味深长地点点额头，"您懂吧？好了，先生，
您有何贵干？"

---

① 通常用来猎兔。

布朗皮尼翁带着职业使然的礼貌解释了他来访的原因，并极其谨慎地开始盘问起这位老妇人。起初，她似乎不太愿意开腔，但很快——显然是被督察富有魅力的谈话方式所折服——她开始变得越来越健谈。她说的是一种*土语*，梅瑞狄斯连她话语的要义都抓不住。但根据布朗皮尼翁那张坦率的古铜色脸上逐渐绽开的微笑来判断，他得到了想要的消息，还有大把无关紧要的家长里短！老妇人的证词还在继续，布朗皮尼翁的微笑逐渐转成了露齿而笑，接着变换成轻笑，最后随着一声逐渐高涨的大笑，他胖胖的身体从头到脚都晃起来。

"天啊，老兄！"梅瑞狄斯惊呼，被*同伴*的反应给弄糊涂了，"到底怎么回事？什么笑话这么好笑？"

"我们就是这个笑话，*朋友*。"布朗皮尼翁笑得上气不接下气，泪水滚落脸颊，"也许我应该情绪变坏才对，因为我们是在——你们英语怎么说来着——白费力气？但是有时候，大笑总比咒骂要好。"

"你是说我们来晚了？"梅瑞狄斯脱口而出，"'白皮'已经脚底抹油了，是吗？"

"他根本就不在这儿，*朋友*。"

"不在这儿吗！"

布朗皮尼翁轻抹两下眼睛，仍然咯咯笑着，摇了摇头。

"C.C.是吗？我们*理所当然地*认为它代表的是'白

皮'·科贝特（'Chalky' Cobbett）。但我们想错了。我已经向住在6a公寓里的太太打听过了。"

"嗯？"

"这是个年轻女子，先生，名字叫塞莱斯特·舒内（Celeste Chounet，首字母缩写也是C.C.）。我问太太这位年轻女士是什么时候来的，怎么来的。她告诉我大约两个月前一个中年外国人帮她订了房间。我请她描述一下这个人。"布朗皮尼翁耸耸肩，"嗯，当然是博明了，毫无疑问。她说他每周来探望这位小朋友一两次。"巡查员挤挤眼睛，"或许我应该亲自跟这位舒内小姐谈几句？夫人的话已经说得非常清楚了，但这样的说法再核查一下总是明智的。要不你在这儿等一下？"

"好吧。"梅瑞狄斯笑着说，"但记住，正事儿问完了再打听八卦！"

布朗皮尼翁确定了那姑娘的房间后迈开沉重的步伐，沿着狭窄的旋转楼梯走了上去，*管理员*则回到自己的小房间。梅瑞狄斯和斯特朗开始在昏暗的走廊里百无聊赖地踱步，低声讨论着这次小小行动的意外结果。弗雷迪无心过问自己上司对这次挫折的反应，他的内心满是雀跃。尽管这天早晨他在帕洛玛别墅外受到了冷落，可他仍然觉得，假以时日和机会，他定能将韦斯特马科特小姐引向一种更愿意合作的心态。只要"白皮"仍旧逍遥法外，回伦敦就暂时还提不上议事日程。

10分钟后，布朗皮尼翁回来了。他明亮的黑眼珠意味深长地转了转，接着宣布：

"*嘿！*我们的这位博明真是好眼光。一位迷人且通情达理的年轻女人。"

"她的说辞和老妇人的一致吗？"梅瑞狄斯问。

"当然了，*我的朋友*。博明大约8周前安排她住进这间公寓。他们是有天晚上在蒙特卡洛的一家咖啡馆认识的。"

"你问了她关于博明的事吗？"

"问了，但我肯定她对他的犯罪活动一无所知。她甚至连他的朋友都似乎不认识。很明显，他不像舒内小姐所希望的那样经常来这儿。"布朗皮尼翁摇摇头，深深叹了一口气，"我想她有时候可能是很孤独的。真令人伤心，*朋友*。女人的美貌就像花期一样，必须趁它枯萎前多看几眼。我们有句谚语是这么说的，一切都会过去，一切都会*改变*。是的，是的……这非常引人悲伤。"

Ⅲ

子夜刚过，他们就在水天交接的黑线上方看到了汽艇那鬼魅的轮廓。这艘小警船已经在芒通港和马丁角顶端之间，离岸约200米的地方，来回巡逻了整整3个钟头。头一个小时里，梅瑞狄斯和斯特朗很是享受海上巡逻带来的新奇感，但随着时间的推移，什么事都没有发生，他们最初的热情就开始消退了。不过现在看来，如果运气好的话，事情似乎会变得越来越有意思。

很明显，汽艇是在巡逻艇开到远处巡逻的时候溜进停泊处的，因为他们确信，上次经过这段海岸线的时候，汽艇并没有在那里。

布朗皮尼翁急忙减速，把船大幅度转向，朝离汽艇停泊处大约100米远的一个地方驶去。他迅速地低声解释说：

"我们上岸去，*朋友*，看看能发现些什么，好吗？但不要出声，你们懂的。到目前为止，我觉得我们可能还没有被发现。"

布朗皮尼翁完全关闭引擎，凭着完美的判断力，让小船轻轻地靠了岸。在那里，督察以惊人的敏捷身手小心地爬上岩石，不消几秒就把缆绳打好了结。然后协助他人一个接一个地下船，他们一声不响地排成一纵列，开始悄悄地向汽艇走过去。

此时的浅滩是很难在黑暗中穿过去的。这是一片长满野草的荒瘠浅滩，横在岩石边缘之外的路边，沿着海岬东侧与大海并行大约一公里左右。更糟糕的是，一棵石松的树冠遮住了仅有的一点光线，而且树根在许多地方露出了地面。就在这里——他们离目标不到十来米的地方，布朗皮尼翁不幸地被绊倒了。当布朗皮尼翁还趴在地上估量距离的时候，前方响起了低沉的汽笛声，接着是靴子踩过碎石的摩擦声以及发动机突然响起的嗡嗡声。

"*快！快！*"布朗皮尼翁大喊，"趁他们起锚前。"

"快，斯特朗。"梅瑞狄斯突然出声，赶紧按亮手电筒，"快点走——不过当心这些该死的树根！"

"遵命，长官。"

借着手电筒的光线，他们向前冲去，攀越、跳过那些岩石，一直冲到船停泊的地方。但就在梅瑞狄斯准备好跳船之时，汽艇脱离礁石，逐渐加速，灵巧地滑进了夜色。梅瑞狄斯的一句诅咒脱口而出。

"就这样了吗，嗯？警长？刚才抓紧几秒，我们就能逮住他们了。"布朗皮尼翁从暗处一瘸一拐地走过来，小心翼翼地揉着擦伤的小腿，补充说："现在怎么办，亲爱的朋友？追也没用了，是吧？他们开出去很远了。"

布朗皮尼翁沮丧地摇摇头：

"没戏了，没戏了！但这辆汽艇……如果再看到，你能认出它来吗？"

"当然。船体为白色，水线上方有两条细细的红色线条，船头有名字，可惜太远了，我看不清。"

"有名字！"布朗皮尼翁喊道，"这很不寻常。犯罪分子通常会避免这种会被轻易识别的特征。事实上，整件事我都有许多地方没搞明白。如果它停在这里卸下走私品，为什么没有车等在这儿收货呢？"

"嗯，你说得对。"梅瑞狄斯说着，将手电筒的光在周围的地面慢慢晃了一圈，"这里也没有堆放任何东西。还有一个奇怪的地方。毕竟，在我们闯进来之前，他们有足够的时间可以卸货。正如你所说——"梅瑞狄斯停下话头，笑着补充道，"嘿！这儿有他们留下的一点证据。看上去好像是一个空酒瓶。"他捡起瓶子，检查标签，"夜圣乔治①？他们今晚一定玩得很开心。我们的判断一定准确无误吗？"

"你的意思是？"布朗皮尼翁问道。

"你不觉得这只是一次野餐聚会，或是一对谈情说爱的男女之类的吗？"

"要真是这样的话，他们为什么要急匆匆地离开呢？"布朗皮尼翁问，"噢，不，不，我知道了。因为他们参与了——这话怎么说来着？——见不得人的勾当，*朋友*。"

"非常好——可到底是*什么*见不得人的勾当呢？"

布朗皮尼翁耸耸肩。

"先生，这可不好说。但也许我们会在适当的时候找

① 法国东南部一市镇，勃艮第红酒产区。

到答案的。"

"那现在呢？"梅瑞狄斯问道，"我们去哪儿？"

"回芒通。继续巡逻是没用的。我想是时候把船停好，然后去睡一会儿了。明天我会打电话给你，告诉你其余几支巡逻队是否有更好的运气。我还是很乐观的，先生。"

第十章

油画之谜

第二天一早，梅瑞狄斯刚吃完早餐就接到了布朗皮尼翁昂督察的致电。他传达的消息令人振奋，但也十分费解。一艘在距离费拉角大约3公里处巡逻的海岸警卫队快艇，抢在汽艇与分散等待的小船接头之前，将其成功截获。船员们被逮捕，违禁品被海关当局扣押，汽艇本身也被没收了。据布朗皮尼翁说，这趟不走运的航程令其赞助商蒙受了大约1000万法郎的致命损失。他深信，至少截至目前，犯罪团伙已经遭到了重大打击。

"那你现在知道我们问题出在哪儿了吧，*朋友*？如果我们在马丁角看到的汽艇和这起走私没有关系，那它出现得也太巧了，到底是怎么回事呢？"

几人就这个谜团讨论了几分钟，但梅瑞狄斯不得不承认，他和布朗皮尼翁一样百思不得其解。确实也提出了一种可能性——或许这艘船是未经船主许可"借"来的呢？然而，布朗皮尼翁只动用了常识就将其一举推翻。在那个小偷遍布的海湾，除了傻瓜，人人都会给发动机外壳上锁。撇开这种基本的防范措施，至少还有十几种能将船固定在码头不致失窃的有效方法。梅勒迪斯的结论是：

"所以整体来看，我们必须承认自己被搞糊涂了。好吧，谢谢你的来电，亲爱的伙计。假币案要是有进展，我会与你个人联系的。但不要期待奇迹的出现，因为眼下我们似乎陷入困境了。确实有点令人丧气，可现实就是这样。无论如何，我们会尽力的。不多说了，*再见*，督察。"

II

那天晚些时候，当梅瑞狄斯回想起这句话时忍不住笑了出来。世事就是这样无常。长时间的挫折与一无所获，却突然间峰回路转，柳暗花明。

事实上，就在布朗皮尼翁挂断电话的几分钟后，他的调查突然发生了一个完全出人意料的转折。这是一通来自当地警局的电话，第一次把梅瑞狄斯和斯特朗从一连数日毫无进展的消沉中拉了出来。一些线索刚刚浮出水面——重要的线索。吉博督察急于让他的英国同行第一时间知道详情。他们能立刻前来吗？

"这还用问吗？"梅瑞狄斯惊呼，喜出望外，"三分钟后见。不——两分钟！"

梅瑞狄斯之前就见过吉博督察，这会儿吉博正在办公室里不耐烦地等待他们。他与布朗皮尼翁完全相反——这是一个结实、精干的小个子男人，有双滴溜溜乱转的棕色眼睛和一副在思考时会不自觉嚼两口的漂亮八字胡。在梅瑞狄斯看来，吉博有一个突出的优点——他的英语说得跟母语一样好。毫无疑问，这是他多年前在福克斯通①度假的成果。在那儿，他爱上了酒店的前台，并让她成为自己的妻子，带着她跨过英吉利海峡回到了法国。

吉博招呼他们坐下，开门见山地宣布：

"督察，我有好消息要告诉你们。芒通出现了一些假钞。今天一大早，由一个叫吉耶万的烟草商送来的。不仅如此！吉耶万还认识那个隔着柜台把假钞递过来的客人！"

"好得很！"梅瑞狄斯惊呼，"这位吉耶万先生都在哪一带活动？"

"在共和国街的那头——靠近老城区。"

---

① 英国肯特郡东部港市。

"明白了。那用假钞的那个顾客呢？"

"一个叫雅克·迪菲的怪人。显然，他总在吉耶万的店里买烟。至少是，"吉博笑着纠正，"在他买得起的时候。吉耶万认识这家伙有些年头了。他住在老城区里某个单间的楼上，勉强维持着画家那种朝不保夕的生活。"

"雅克·迪菲，那个画家？"斯特朗兴奋地插嘴。

梅瑞狄斯揶揄地看他一眼，打断了他的话头。

"别告诉我你认识他！"

"嗯，也不完全是，先生。不过我那天上午去参观的画展上有他的一幅画。在我看来没什么意思。不过当然啦，所有这些超现代、超现实主义的东西都无法打动我。"

"上帝啊！你听听！"梅瑞狄斯哼了一声，"这些来自亨顿的、自以为是的高才生！"他注意到吉博的神情，又补充一句，"督察，您有什么烦恼吗？"

"不，不。我只是对迪菲能在画展上展示他的油画感到惊讶——仅此而已。我都不知道他真有艺术家这重身份。这显然与事实不符。"

"这是什么意思？"

"据吉耶万说，他曾趁旅游旺季，以在咖啡馆向游客兜售自己的画作为生，过得很是清苦。"

梅瑞狄斯突然来了兴趣。

"游客，是吗？你知道，吉博，如果这里没有新线索我也不会感到惊讶。但你有没有想过，这种兜售画作的行为可能会为某些见不得人的交易提供完美的借口？"

"黑市法郎吗？我也想到了这一点。但这个猜测恐怕不实际。"

"不实际？"

"因为在过去的6个月里，我们的朋友迪菲没有在咖啡馆开过工。显然他找到了一位愿意买他油画的赞助人。不只是一幅两幅零星地买，而是他的所有作品！我并不是说这个可怜的家伙发了横财，但他在烟草上的预算显然宽裕了不少。"

"我明白了。"梅瑞狄斯沉吟，然后站直，心急地补充说，"那还等什么呢？我们得和迪菲谈谈，弄清楚这些假钞是怎么落到他手里的。关键是，如果不对他进行审问也无法确定他本人是否和假币团伙有牵连。他通常都在哪儿混？"

吉博笑了。

"虽然他是个专业人士，但恐怕也住不起什么值钱地方。不过吉耶万已经详细说明了去他家的路线。在老城的某个小巷外。兴许你想让我同去充当一下翻译？"

"没有'兴许'。"梅瑞狄斯苦笑，"离了你我寸步难行。"

"那好极了，"吉博轻快地一锤定音，"我们走吧。"

Ⅲ

从新城区宽敞的大街和阳光灿烂的商业街走进高悬着百叶窗的老房子之间逼仄荫翳的夹道里，就好似从 20 世纪穿越回了中世纪。梅瑞狄斯到目前为止还不曾有时间来探索过芒通的这一地带，但他发现这里异常迷人。用惯了陈词滥调的旅游指南可能会将这个老城区形容为"古色古香""风景如画""历史悠久"；然而，当他们走进这迷宫般的狭窄小巷时，第一时间浮现在督察脑海里的却是"不朽"这个词。它给人一种这里始终如一的感觉。这些隐秘曲折的小巷似乎什么都不曾改变过。当拿破仑的大军沿着这条三四米宽的巷道向意大利胜利进军的时候，那些倚在门口赤足棕肤的闲聊老妇很可能就已经在那儿了。梅瑞狄斯觉得，正是这片紧固在裸石上的凌乱红瓦房，将时间与历史进程都挡在了外面。

然而吉博几乎没有时间让他的英国同事停步细品。他带着一种绝对正确的方向感，催促他们赶紧走过这条千疮百孔、阴暗污秽的街道，拐进一个藤蔓荫凉的院子，颐指气使地敲响了驼背家快要散架的房门。静了一小会儿，他们听到他在吱吱嘎嘎的楼梯上拖着的痛苦脚步，片刻之后，门被小心翼翼地打开了，他的头从后面露出来，像一只惊恐的乌龟。看到穿着制服的吉博，迪菲怪叫一声，往后一缩，扭曲的脸上尽是阴沉与猜疑。

"你们想要干什么？你们为什么来这儿？"他声音沙哑地问道。

"你是雅克·迪菲？"吉博礼貌提问。

"是我，先生。"

"很好——我们想和你谈谈。"

"和我谈谈？谈什么呢，先生？"

吉博朝楼梯比了个手势。

"上楼去谈好吗，朋友？"

驼背耸耸他那不成形的肩膀。

"当然可以——如果有必要的话。"

吉博一走进楼上那间昏暗的石墙小屋，就不再浪费时间寒暄，立刻着手盘问。起初，迪菲仍然惊魂未定，他局促不安，拒绝回答问题。但渐渐地，他意识到督察问话中的公正立场，逐渐流畅起来的语流信息便取代了支支吾吾的只言片语。渐渐地，一切都问出来了。

大约15分钟后，吉博匆匆记下驼背的证词摘要，带着满意的笑容转向梅瑞狄斯，问道："你听懂了多少？"

"一个该死的词都没听懂！"梅瑞狄斯回嘴，"但自从你笑得像只吞了金丝雀的猫后，就猜你已经收获颇丰了。所以你最好把实情原原本本地告诉我，亲爱的朋友。然后，如果我要向这位朋友提出任何问题，你也可以在我们离开之前和他交涉，好吗？"

"行。"吉博点头，"事情大致是这样，大约6个月前，一个叫拉图尔的家伙看到迪菲在咖啡馆里兜售自己的画后就联系上了他。他问迪菲，即日起，是否愿意把自己画的每一幅画都卖给他。但有一个条件。如果迪菲接受了这个提议，就要对这件事守口如瓶。起初迪菲以为这家伙一定是个商人，买自己的画用来投机。你明白我的意思吗？——说不定他看好自己的作品将来会流行起来。但他很快就意识到拉图尔根本不懂艺术。顺带说一句，我们的朋友并没有靠这笔交易发家致富。根本没有！拉图尔从一开始就明确表示，他只准备付极低的价钱。但问题是，这笔钱是定期来的，而且双方心照不宣。迪菲自然好奇拉图尔为何如此急于买下他所有的画作？为什么他不想让别人知道这件事？好吧，我们这位朋友的脑袋长得可能有点奇怪，但还是好使的。"吉博停下，瞥了驼背一眼，驼背虽然一个英语单词也听不懂，但始终面带微笑地点着头，好似完全同意督察的叙述一样。"迪菲，你可真是个狡猾的小家伙，是吧？你比看上去聪明多了。"驼背的头点得更欢了，还发出两声刺耳的笑声。吉博又转向梅瑞狄斯："他没花多少时间就找到了这个谜题的答案：拉图尔买下他的画，并冒称这是自己画的。简而言之，出于某些不可告人又显然居心不良的目的，拉图尔一直假装自己是个画家。发现这一点后，迪菲在镇上谨慎地打听了几回，很快就发现拉图尔住在一个古怪的英国女人——一个名叫海德维克的有钱寡妇——家里，她好像在圣米歇尔大道有一幢大别墅。"

"海德维克！圣米歇尔大道！"斯特朗兴奋地嚷起来，"天啊！一切都讲得通了。"

"你疯了吗？"梅瑞狄斯皱眉问道，"什么开始讲得通了？能让我们知道你都在扯什么吗？"

"嗯，您瞧，长官——韦斯特马科特小姐提起过，她家里住着一位画家。她没有告诉我他姓什么，只说他叫保罗，但一定就是这个拉图尔。真是惊人的巧合，但错不了。"

"小子，有些时候，"梅瑞狄斯瞪着眼睛说，"我真想揪住你耳朵把你晃醒。你到底在说什么？谁是韦斯特马科特小姐？你在哪儿遇到她的？关于圣米歇尔大道，你到底知道些什么？"

意识到自己再也无法回避，弗雷迪的脸红到了头发根，深吸一口气，语无伦次地把自己在画展上结识韦斯特马科特小姐，后来又在帕洛玛别墅门口重逢的故事说了出来。

"我明白了，"梅瑞狄斯在下属的罗曼史结束时说，"斯特朗警长的秘密恋情，是吗？我记得你说过，以你现在的工资，酒和女人可是奢侈品。"

"哦，但这不一样，长官，"弗雷迪结结巴巴地说，"绝对不一样。韦斯特马科特小姐是个正派人，如果您明白我的意思的话。绝对没有——"

"好吧，警长，"梅瑞狄斯眨了眨眼睛打断，"没必要发火。我们相信你的话。关键是你似乎知道一些关于帕洛玛别墅的内情，而这些情况可能会派上用场。"他转向吉博，"督察，你同意吗？"

"好吧，警长的信息显然证实了迪菲关于拉图尔的说辞。根据斯特朗先生刚刚说的，拉图尔买这些画的*意图*就很明显了。"

"你的意思是，他让这个叫海德维克的女人相信自己是个时运不济的画家，并且需要这些画作来自证身份吗？"

"没错。这个英国女人扮演着他的赞助人的角色。拉图尔现在……该怎么说呢？"

"吃喝不愁。"梅瑞狄斯说，"他本来绝对是可以继续吃喝不愁的。好，我明白了——但这些假币是怎么回事？从何而来？你的意思是说拉图尔一直在用假币买迪菲的这些油画吗？"

"不，不，在说到假币之前，拉图尔和我们这位朋友之间还有一点别的波折。一切都是因为警长刚才提到的画展——芒通美术馆的地中海画展。"

"我没听明白。"

"是这样的，亲爱的朋友。这位迪菲对自己的工作十分引以为豪。这是毫无疑问的。我认为，他具有天才画家的信念和正直。迪菲把自己最好的一面都表现在画里，尽管在他看来，自己从未受到应得的赞誉。可是你瞧，拉图尔像对待一个雇工那样压榨他，只把他视作一台生产自己心仪产品的机器。我们这位朋友自然会对这种态度产生逆反心理，所以当他听说当地画展的筹备消息时，对拉图尔嗤之以鼻，并把自己的一幅画提交给了委员会选拔。"

"而且他们接受了？"

吉博点头。

"结果几天前，一位来自戛纳的艺术品商人找到了迪菲。那家伙显然是欣赏他的作品，而且急于充当他的代理人。"

"我明白了！"梅瑞狄斯吹了一声口哨，"结果让拉图尔知道了，对吧？他看到了画展中的这幅画，也许意识到迪菲的作品现在有市场了。"

"正是。"吉博接着说，"他付给迪菲10万法郎让他拒绝对方。当然，拉图尔对迪菲提交画作参展的事火冒三丈，却无能为力。起初他试图威胁，但是，正如我之前说的，迪菲不是傻瓜。他知道自己掌握着主动权，拉图尔必须让步。只是迪菲没有预料到的是，拉图尔会用一叠毫无价值的假钞来收买他。看来拉图尔才笑到了最后，你说对吧？"

"真是如此吗？"梅瑞狄斯意味深长地反问，"是吗，我亲爱的朋友？你发现其中的含义了吗？如果拉图尔能弄到价值10万法郎的假钞，那不就证明他一定与假钞团伙有关联吗？既然我们知道在哪儿能找到他，我有预感，拉图尔一定准备好接受审问了。我不想显得过于乐观，但在我看来，这似乎是结案的开端了。"他朝斯特朗转过身，"警长，如果几天后我们已经坐上了回家的火车，我是不会感到惊讶的。很抱歉把你的恋情扼杀在了萌芽状态，但只能这样了。我敢说你会从打击中恢复过来的！"

第十一章

阁楼上的证据

I

在警署门口与吉博督察分开后，梅瑞狄斯和斯特朗轻快地穿过小镇，*前往圣米歇尔大道*。现在差不多仍是中午，督察决定一刻也不耽误，立即质询拉图尔。

"只是有件事，长官，"他们的车开上凡尔登大道后，弗雷迪壮着胆子开口道，"关于我认识的这个女孩……这位……呃……韦斯特马科特小姐。"

"哦，上帝，是的！我差点忘了，警长。她是海德维克夫人的侄女，对吗？"

"是的，长官。"弗雷迪吞吞吐吐，"可海德维克太太并不知道我见过她。要是让海德维克太太知道了的话，她可能会生气的。如果您能理解的话，所以……呃……如果您可以——"

梅瑞狄斯突然笑了起来。

"我明白你的意思，你可以相信我，我会谨言慎行的。在必要的时候，我完全可以变得耳聋眼花，孩子。这都是我们训练的一部分，是吧？"

一个眼神轻佻的女仆前来应门，弗雷迪认出她就是在车库院子里喂小猫的那个。她一听说梅瑞狄斯想和海德维克太太谈一谈，便将他们领进大厅右边一间小而雅致的休息室里。房间装饰成中式风格，有上过漆的精致桌凳，两个玻璃橱柜里摆满瓷人，窄窗上悬着中式刺绣窗帘，脚下则是一条柔软的莱姆绿中式地毯。空气中弥漫着檀香的清冽气息。梅瑞狄斯赞赏地打量着房间。没什么比主家收藏的这一系列陶器更让他欣喜的了，但他还没来得及转一圈，门就开了，内斯塔·海德维克像只和蔼亲切、毛色鲜艳的鸭子般摇摇摆摆地走了进来。梅瑞狄斯向她浅浅地鞠了一躬。

"海德维克夫人？"

"是我，"内斯塔点头，"请问怎么称呼……？"

"我是苏格兰场的梅瑞狄斯督察，这是我的助手，斯特朗警长。"

而海德维克太太对这一简单自我介绍的反应，却让梅瑞狄斯吃了一惊。他早已习惯人们在意外遇上警察时流露出的某种无可厚非的焦虑。毕竟警察往往是不受欢迎的坏消息的先兆。但这次不同。海德维克太太的笑容像被掐灭的蜡烛一样消失了，极度警戒惶恐的表情占据了她丰伟的五官。她倒吸一口凉气：

"梅瑞狄斯督察！苏格兰场！可为什么……？什么风把您吹来了？我可没有邀请过您。"她松弛的大脸紧张地抽搐着，"一定是弄错了。您到底要见谁？"

"我们马上就会谈到这个问题，夫人。"梅瑞狄斯带着宽慰的微笑说，"但在讨论我此行的目的之前，也许您想先看看我的证件。您可能会好奇，刑侦部的成员来芒通做什么。但我向您保证，海德维克夫人，我是来和法国警方开展联合行动的。事实上，我是代表他们来的。"

随便看了一眼公文，内斯塔就不耐烦地说：

"是的，是的——我不怀疑您的*可信度*。但是警察为什么想见*我*呢？我在这儿没犯法啊？"

"不完全是犯法，"梅瑞狄斯说着，对这个女人奇怪的不安和猜忌更为困惑，"但是根据我们最新得到的信息——"

内斯塔跌跌撞撞地向前走了几步，抓住督察的手臂，哑着嗓子打断他：

"是托尼，对吗？您为什么就不能给我个准话呢？是托尼·申顿！是他，对吗？”

“托尼·申顿？”梅瑞狄斯摇了摇头，“我从来没听说过这位绅士。您为什么认定我们是来找申顿先生的？”

这一峰回路转简直可以称为奇迹。如释重负的神情漫卷过她化了浓妆但和善的面孔。她抓住督察胳膊的手松开了。

“您是说与托尼无关？”内斯塔庆幸地舒了一口气，“哦，感谢上帝！我还以为……是不是出了意外。他开车开得很鲁莽。我总拿这事取笑那个小坏蛋。”内斯塔这下很快稳住了情绪，冲督察露出羞愧的微笑，“您必须原谅我的愚蠢，警官。我太可笑了，竟然为这个小子瞎操心，可我实在是情不自禁。请坐，请告诉我能帮上什么忙。”

“我听说，海德维克太太，”梅瑞狄斯在旁边的扶手椅上坐下后说，“您这儿住着一位叫拉图尔的先生。”

“没错。”内斯塔点点头，“保罗·拉图尔。我把楼上的一个房间给他作了画室。他是个画家。”

“我想也是。”梅瑞狄斯语带讥嘲，“他在这儿待了多久了？”

“哦，大约6个月。我记不太清了。”

“您是怎么认识他的？”

“通过马洛伊上校，我的一个老朋友。有天晚上他带了保罗过来吃饭。”

梅瑞狄斯从膝头已经摊开的笔记本上猛地抬起头，满是惊讶地问：

"您是说博略的马洛伊上校吗？"

"是啊——真是个可爱的老家伙。他和他妻子每周五开车来这儿打桥牌。别告诉我您认识他！"

梅瑞狄斯流畅地接过话头：

"哦，只是点头之交而已。要是我没记错的话，他有辆劳斯莱斯，由一个俄国司机来开，是吗，海德维克太太？"

"是的———个叫尼古拉·博明的怪人。"

"您可能会觉得这个问题无关紧要，但我希望您在回答之前仔细想想。你有没有印象，这位拉图尔先生……我该怎么说呢？……有没有和博明过往甚密？"

"这个嘛，要真是这样的话，"内斯塔反驳道，"我倒从来没留意过。我们晚上打桥牌的时候，博明总是和仆人们待在一起。当然，如果保罗真跟他搭上了，我也不知道。这您肯定能理解。但他为*什么*要这么做呢？他俩究竟有什么共同话题呢？"

梅瑞狄斯满意地点点头，"啪"的一声合上笔记本，把它收进口袋，然后站了起来。他直视着内斯塔，严肃地说：

"海德维克夫人，如果我告诉您，您的这个受惠人过去6个月一直住在这儿招摇撞骗，您会感到吃惊吗？"

"招摇撞骗！"内斯塔困惑地喊道，"你这是什么意思？"

梅瑞狄斯简短地复述了他们那天早些时候从雅克·迪菲那里收集到的情报，只是省略了驼背关于假钞的那部分供词。在解释的时候，他的视线始终没有离开女人的脸，眼前的景象使他确信她的反应是真实的—— 一种茫然怀疑的表情逐渐被高涨的愤怒所取代。不论拉图尔长期欺骗她的目的是什么，但可以肯定的是，海德维克太太一点也不知道他在跟自己耍花腔。她满脸通红，从椅子里站起来，喘着粗气，浑身颤抖，像条刚从水里捞上来的鳟鱼，气得说不出话来。然而，梅瑞狄斯的解说一结束，她就脱口而出：

"啊，那个卑鄙的忘恩负义的伪君子！好大的胆子！利用我的慷慨和善良。不可原谅！可他为什么要这样做呢？警官，您能告诉我吗？这有什么意义呢？"

"我们怀疑他可能参与了犯罪活动。不是说肯定就是这个原因，所以我要来这里查清楚。"

"您是想审问那个小人吗？"梅瑞狄斯点头。"很好。"内斯塔继续说，眼里闪过复仇的光，"我这就找人带你去他的画室。我也想亲自陪你们过去，但要爬那么多台阶，再加上这糟心事……我实在无法面对。"她拖着笨重的脚步走到门口，"抱歉，警官。我侄女在露台上。我叫她领你们过去。"

II

对弗雷迪·斯特朗警长而言，此行衍生出的这一充满戏剧性的短暂间隙简直就是炼狱。自从踏进帕洛玛别墅的那一刻起，他就半是担心半是期待，不知道在调查过程中会不会与迪莉斯·韦斯特马科特打上照面。

现在，由于海德维克太太不愿意爬楼梯上阁楼，这样的相遇就要发生了。根据他们上次见面时发生的事，弗雷迪已经决定了待会儿要对韦斯特马科特小姐采取何种态度——一种职业性的沉默，再巧妙地加上一点受伤无辜的暗示。

他可以想象得出，当她得知他真正的职业性质时惊讶和困惑的神情。刑侦部的斯特朗警长，这是个会在韦斯特马科特小姐这样迷人的姑娘那里吃香的头衔。当她回想起之前那些毫无必要的怀疑时，会觉得自己很蠢。她还专横地拒绝了他全心全意的求爱。不过鉴于现在那个可怜的孩子落了下风，他准备表现得宽宏大量一些。哦是的，他会让她立刻明白，自己不是那种记仇的人。如果她要道歉，那他也无所谓。翻旧账羞辱她？那场面可不大好看。

　　可当迪莉斯·韦斯特马科特——一个被焦虑的内斯塔姑妈担任监护人的姑娘——出现在中式房里时，弗雷迪的整个策略顿时化为乌有。去他的保持职业性的沉默！当凝视着迪莉斯那双湛蓝的大眼睛时，还怎么保持与警察身份相称的那份疏离与坚定的决断力呢？这就是他认为落于下风的那个姑娘——这个可爱的姑娘一出现，就把他变成了一个瞠目结舌的笨蛋！弗雷迪勉力试图控制住自己的情绪，试图抑制住那慢慢爬上他整张面孔的难以言喻的红潮。

　　当海德维克太太用低沉的声音做了个草率的介绍后，他将她大吃一惊、瞬间畏缩了一下的反应尽收眼底。

　　"这是我的侄女——韦斯特马科特小姐。刑事侦缉部的梅瑞狄斯督察和斯特朗警长，亲爱的。别让他们久等了，宝贝。你们这就上去吧！警官，你可要记得告诉我，那个可鄙的坏蛋究竟如何为自己辩白。当然前提是，"内斯塔气愤地哼了一声，补充道，"如果他有的说的话！你们可以在阳台上找到我。"

　　迪莉斯对弗雷迪视而不见，领着他们走上宽阔弯折的楼梯，沿着一个宽敞的楼梯平台，上了一排狭窄昏暗的楼梯，最后又走上了一条同样狭窄昏暗的走廊。大约在走廊一半的地方有一扇明黄色的门，迪莉斯在门前停住脚步。

　　"这就是画室，督察，但我想拉图尔先生应该还在睡觉。"

"在睡觉！"梅瑞狄斯难以置信，"上午这个时候？"

"哦，他几乎从不在午饭前起床，不过他不到凌晨也从不睡觉。"迪莉斯笑道，"只有天知道他晚上都溜到哪里去了。我的意思是，人们通常不会在黑暗中作画，是吗？这一直都让我很困惑。"

梅瑞狄斯自忖：

"出去一整夜？在这种情况下，这是个引人联想的事实。"他大声说，"好的，韦斯特马科特小姐。我们来敲门叫醒他。被人从美容觉中唤醒，他大概会不高兴，但我不打算浪费时间。"

迪莉斯机智地问道：

"您希望我回避吗？我的意思是，也许，您更愿意——？"

"不。你要是不介意的话，我想请你稍等片刻，小姐。"

梅瑞狄斯抬起手，重重地敲了敲门，停下凝神听了一会儿，再次敲门。没有应答。他不耐烦地喊道："拉图尔，开下门，好吗？我是警察。"房里一片死寂——连床单的窸窣声和弹簧的咯吱声都没有。梅瑞狄斯意味深长地看了斯特朗一眼，然后转动门把手，发现门没锁，他走进了画室。

屋子里一片混乱。抽屉和橱柜大开着，报纸散得满地都是，床也没铺。梳妆台上立着一支空的白兰地酒瓶，一只碎玻璃杯，一包高卢香烟还剩一半。只消一眼，梅瑞狄斯就知道了他想知道的一切。证据确凿。出于某种原因，保罗·拉图尔收拾了行李细软，胡乱塞进手提箱，然后离开了帕洛玛别墅！

督察苦着脸转向困惑不已的两人，他们在他身后朝里张望。

"太迟了，该死！鸟已经飞走了。而且，我要是没怎么搞错的话，韦斯特马科特小姐，你和你姑妈都不大可能会再见到那家伙了。"

"但……但是为什么？"迪莉斯结结巴巴地说，"他为什么要仓皇离开？"

"我有自己的推断，小姐，但现在不是说这个的时候。告诉我，你最后一次见到拉图尔是什么时候？"

"昨天吃晚饭的时候。"迪莉斯说，她仔细想了片刻，又加了一句，"不，等等！他昨天没来吃晚饭。我记得姑妈还大为光火来着。我想起来了，自从星期六晚上起我就再没见过他。"

"就是*前天*晚上，是吗？"梅瑞狄斯吹了声口哨，转向他的助手，"警长，就这个问题，你去把这里的每个人都问一遍，明白吗？我要把这个房间彻底搜一遍。我相信韦斯特马科特小姐会充当向导，让你同这里的每个人说上话的——遇上本地人时，也会好心地充当翻译。"

"当然，督察。"

"哦，还有，警长，"这两人正准备沿着走廊离开时，梅瑞狄斯补充道，"找仆人们问清楚，拉图尔是不是经常在周五晚上和那位博明碰头，就是上校夫妇过来打桥牌的那些晚上。"

"没问题，"弗雷迪喘着气，"就这些吗，先生？"

梅瑞狄斯迅速而狡黠地看了他一眼，挤了挤眼睛。

"我目前就想到这些，警长。但如果有别的情况……那就，调动你自己的积极主动性吧。你个人的进取心，对吧？"梅瑞狄斯又挤了挤眼睛，"懂我意思了吗？"

"是的，长官，"弗雷迪说，他的脸再次红到发根，"我想我明白了……呃……您的大概意思。"

III

"这个，"走到二楼楼梯口后，迪莉斯突然停下来小声说道，"我必须得说，我吓了一跳。你本可以提前告诉我你要来的。"

"可我自己也是大约一小时前才知道，"弗雷迪争辩，"老实说，韦斯特马科特小姐，我不是故意糊弄你。我也是身不由己。我是说，我得严格遵守命令，不暴露自己的真实身份。所以，自然……"

"可是约翰·史密斯先生！"迪莉斯不满地摇摇头，大声说，"你本可以想一个更逼真的假名。"

"没错，这是有点儿不上心。"弗雷迪沮丧地承认，"但现在你知道我是谁了，也知道为什么第一次见面的时候我不能坦白……"

"嗯，这自然不能相提并论。"

"那太好了！"弗雷迪说，"我也希望是这样。"

"我似乎该为我的多疑道歉吧？"

"道歉？"弗雷迪惊呼，"你为什么要道歉？这又不是你的错。上帝啊，不需要！我才应该道歉。"

"但为什么？我现在明白了，你也是身不由己不得不为之。"

"没错——不过领一个姑娘走上花园小径，而且是在我们似乎要……要……"

"我们似乎要怎么？"迪莉斯带着令人丧气的嘲弄目光发问。

"这个嘛，你知道，"弗雷迪手足无措地说，"差不多快要在一起……嗯，互相心仪——不，该死！我不是那意思。"他哀求地盯着她，"上帝啊！你能帮我个忙吗，韦斯特马科特小姐？"

"我说不定会帮，"她笑着说，"如果你能叫我迪莉斯的话。"

　　弗雷迪激动得低吼一声，全然罔顾周遭的环境，也把警察在执行任务时应有的那种职业的沉默抛之脑后。弗雷迪摸索着找到她的手，热情地握住。

　　"见鬼！这很容易做到，如果你是认真的话，韦斯特马科特小姐。从现在起，我就叫你迪莉斯。你要是还不知道的话，我叫弗雷迪。我承认，这名字有点可笑，但是——"

　　"总比约翰·史密斯强。"迪莉斯开玩笑地说，她轻轻松开手后，又补充了一句更实际的话，"现在我们真的必须理智点了。督察一定会大发雷霆的，要是他知道你——"

　　"回到工作，是吗？"弗雷迪激动地低声说，"好吧，可在我们分开前，我只有一个建议。"

　　"什么？"

　　"我们何不试着在赌场露台上再约一次——比如说，明天12点，嗯？"

　　"明天12点！"迪莉斯重复。

　　弗雷迪郑重地点点头。

　　"打赌吗？"

　　"没什么不可以的。"

　　"赞美上帝！"弗雷迪说，浮夸地用一块看不见的手帕擦着额头，"现在，解除了这个小误会，带我去仆人的住处转一圈如何？这可是相当难得的机会，你能亲眼看见优秀的刑侦部要员办案！"弗雷迪清了清嗓子，勉力模仿起他上司公事公办的腔调，严肃说道，"告诉我，小姐，你上次见狄龙那个坏蛋是什么时候？你可要想仔细了，他要是胆敢对你放肆——"

可迪莉斯，因为担心姑妈会突然从阳台上出现，在前面已经走到楼梯一半的地方了。

第十二章

飞燕号

I

那天下午，梅瑞狄斯在他旅馆卧室的桌子前坐了整整两小时，仔细研究他和警长从帕洛玛别墅带回来的笔记和证词。暑气从紧闭的百叶窗板条缝里蜿蜒进幽暗的房间。尽管梅瑞狄斯已经脱去外套，卷起衬衫袖管，松开了衣领，可他还是汗流浃背，就连手边的那杯冰啤酒也没能解去几分暑意。

尽管身体百般不适，可他的大脑还是一如既往地在顺利且精确地运转着。他像母鸡觅食一样，在他和警长从海德维克家成员那里收集来的支离破碎的信息中一点点理出头绪。

在这一大堆的事实中，有一点很明显。拉图尔是在"有月光的时候"离开别墅的——大概就是在过去24小时里的某个时刻——也就是星期天。诚然，海德维克太太和她的侄女自从周六晚上以后就没再见到过他，但厨子和客厅女佣都在周日午餐前听到了他下楼的声音。莉塞特，这位客厅女佣，还曾眼见他穿过院子来到后门口。根据警长周详的笔记，女孩确定拉图尔没有搬运任何形式的行李。仅此而已。

但昨天深夜，或更确切地说，凌晨时分，皮利格鲁小姐因为消化不良而一直睡不安生。醒来后她就再也睡不着了，于是打开床头灯开始看书。几分钟后，她听到了从拉图尔的画室传来的声音，画室就在她房间的正上方。她没太在意，因为拉图尔常在凌晨时分溜回来，经由后楼梯上楼睡觉。据皮利格鲁小姐说，她听到这些声音的时候刚过凌晨1点。虽然没有其他证人证实这一说法，但梅瑞狄斯觉得皮利格鲁小姐的证词可以被采信。所以拉图尔是在周日午饭前不久离开了别墅，接着在零点以后又回来过。毫无疑问，他一回到别墅后，就立即收拾了行李，用最快的速度离开了那个地方。

可为什么呢？这才真正费脑筋。

即使他是假币团伙的一员——梅瑞狄斯现在坚信他就是——那究竟是什么原因驱使他突然逃跑呢？想必他是前

一天的中午到午夜之间听到了点风声。或许是警方采取的一些行动暴露了苗头。可如果真是这样，又是谁把警方展开调查的事告诉了他？这是他自己发现的，还是由某人通风报信？或许是博明？可梅瑞狄斯没有证据证明博明和拉图尔互相认识。事实上，斯特朗跟家仆打听来的结果清楚表明，司机虽然每周五都会到帕洛玛别墅来，可拉图尔从来没有跟他接触过。不仅如此，据梅瑞狄斯所知，博明也是丝毫没有察觉自己在蒙特卡洛被盯了梢，同时他也无从知道警察搜查过他位于上校车库楼上的房间。当然，除非马洛伊是个两面派——但梅瑞狄斯拒绝考虑这个可能性。另外，他们周日上午和马洛伊见完面之后，博明是否有机会与拉图尔取得联系？好吧，给瓦尔德布洛尔别墅打个电话就能解决这个小问题了。同时还能弄清马洛伊是怎么认识拉图尔的。毕竟，是上校把他介绍给了海德维克太太——假设纯粹是出于好心。他决定即刻就给马洛伊打电话。

　　10分钟后，他回到房间，心里已经有了答案。马洛伊说自己是在尼斯的一家咖啡馆里偶然结识拉图尔的，这个解释听起来似乎完全可行且光明磊落。而当他把拉图尔介绍给老朋友海德维克太太时，对其真实品性全然不知。仅此而已。他关于司机行踪的叙述同样清晰且令人信服。除了周日下午或晚上出车，博明没有离开过瓦尔德布洛尔别墅。马洛伊非常肯定。博明整个下午都在厨房里和女仆们聊天。晚上的时候他开车把上校和妻子送去昂蒂布和友人聚餐。他们直到11点多才回到博略。所以呢？之前的假设不成立。

他们前一天还做了什么？见了布朗皮尼翁，那是自然，他们在当地的警署讨论了当晚抓捕走私团伙的沿海巡逻计划。还有，天哪，对了！他们还造访了波拿巴码头附近的廉租房——"白费力气"，正如布朗皮尼翁所说的那样——他们没能找到"白皮"·科贝特，却发现了尼古拉·博明的情人！拉图尔是在这里听到的风声吗？是舒内小姐给他报的信吗？诚然，布朗皮尼翁没有透露他们造访图里尼公寓的目的，但是她也许很聪明，将眼前的事联系起来从而推断出——

梅瑞狄斯低声咒骂了一句。他到底在胡说些什么？自己难道不相信布朗皮尼翁关于相信那姑娘对博明的犯罪活动一无所知的判断吗？*事实上*，这其中就包括了假币团伙。而布朗皮尼翁昂确信无疑的事，梅瑞狄斯也不打算反驳。难道这只是另一个不能成立的假设吗？

他想："慢着！那个穿地毯拖鞋的老妇人、*看门人*呢？她一定是从我们的询问中猜到警察对博明感兴趣。*她*要为这次走漏消息负责吗？可能性很大，不是吗？一切都可以归结于此。拉图尔昨天中午到午夜之间去过那幢公寓吗？最好查一下。让吉博今天下午跟我去一趟，再问些必要的问题。"

II

长期开展刑事调查的经验培养出了梅瑞狄斯的狡黠与精明，他建议吉博先审问住在这栋楼里的其他证人，假如他们都是无辜的，那么再去审问老妇人。那天早上，在离开帕洛玛别墅之前，他从海德维克太太那儿要到了一张拉图尔的清晰照片。梅瑞狄斯在快到图里尼公寓的时候把照片交给了吉博。

"伙计，我就坐在棕榈树下抽支烟。我要是一露面，那个老女人一定会认出我来，可目前我们还是先别叫她起戒心。你要做的就是直接走过她的小房间，从一楼的房间开始逐个打听，问问有没有人在这里见到过拉图尔。要是有，就回来跟我会合，咱们再一起去找看门人聊聊。就这么说定啦？"

吉博穿着便衣，一点时间都没浪费，径直朝大楼走去，登上台阶，迅速消失在洞开着的门后。5分钟，10分钟，一刻钟过去了。梅瑞狄斯不安地在铁板椅上换了个坐姿，试图平息自己的焦躁。他觉得，这在很大程度上取决于同行的质询进度，要是能证明拉图尔常来这里就好了——

他一抬眼便见到吉博一路小跑，正朝棕榈树绿洲奔来。隔着老远，梅瑞狄斯就看见他那张雪貂似的脸笑得像柴郡猫[①]。他一跃而起，急忙迎向他。

"怎么样？"

"有情况！"吉博脱口而出，"我找到了至少四名目击者，可以发誓他们在那儿见过拉图尔。"

"干得漂亮！"梅瑞狄斯惊叹，无法掩饰听到消息时的兴奋，"那么昨天呢？"

"他大约在晚上10点出现。坐在小隔间里和那个老太太聊了大约20分钟，然后就急匆匆地走了。"

"他每次来都是找那个老太太吗？"

"没错，一向如此。我询问过的目击者中没人和他说过话——都只是在他们进出大楼的时候注意到他在和*看门人*聊天。"

"那个年轻女士——塞莱斯特·舒内呢？"

"我也问过。他们确定拉图尔从未上楼去过她的房间，从来没见过他们在一起。"

"我知道了，现在咱们下一步要做什么就很明确了。把这张照片伸到那老太婆的鼻子底下，直截了当地问她是否认识那家伙。要是她含糊其词或者否认自己与拉图尔相

---

① 《爱丽丝梦游仙境》中一只拥有特殊笑容的猫，即使身体消失，仍能留下露齿的笑容。

识，天哪，那么咱们就让她进退两难！"

5分钟后，他们在那里找到了老人。在玻璃门内的小房间里，吉博平静且毫不留情面地把她审了个遍；并不时停下，让梅瑞狄斯*跟上*审讯的进度。在整个审讯过程中，她的丈夫一直坐在桌边，咯咯笑，还不时点头，用一种奇怪难懂的话语方式在自言自语。

一旦意识到否认无济于事，格里尼诺太太立马就爽快地抛出了解释。据她所言，事实其实很简单。30年前，在第戎郊区一个不起眼的小村庄里，她给拉图尔家的三个孩子当保姆。保罗是长子，当时3岁。她一直在他们家待到保罗的父亲去世为止，后来由于他母亲无力支付薪水，她就去亚桑蒲坊①附近另谋了一份工。保罗一直跟她很亲，她离开那年他14岁，虽然此后数年他们很少见面，但也从未断了音讯。保罗刚在芒通住下后，她就写信问他能否给她找份工作，正有赖于他的周旋，她最终得到了这份在图里尼公寓*看门*的工作。他经常登门和她聊聊往事，并给她那精神错乱的可怜丈夫捎上一瓶酒。吉博反问，那为什么她要大费周章地否认自己认识拉图尔呢？*好吧！* 这也很简单。就在前天，这英国人带着个警探上门来把博明先生深挖细究了一番。现在，他今天又来了，这次问的是拉图尔先生。她拒绝向警方透露可能会给拉图尔先生造成麻烦

---

① 法国普罗旺斯－阿尔卑斯－蓝色海岸罗讷河口省的一座城市。

的信息，这不是很自然的事吗？她假装不认识他，不也很
自然吗？

Ⅲ

拐进波拿巴码头，开始沿着海滨悠闲散步时，吉博问
道：“你怎么看我们亲爱的格里尼诺太太？你认为她的解
释可靠吗？”

梅瑞狄斯谨慎地说：

“嗯……可靠也不可靠。虚与实的巧妙融合——至少
给我的印象如此。”

“我不太明白。”吉博看不出梅瑞狄斯是如何得出这个
结论的，“她的故事似乎完全说得通，毫不犹豫、一口气
就说下来了。”

“可疑点就在这儿！”梅瑞狄斯说，“这正是它引人怀
疑的地方。当布朗皮尼翁问她关于博明的事时……嗯，你
真应该在场听听这老妇人的话！事实被包裹在重重修饰之
下，以致难以理出我们要找的证据。她总是说不到重点。
你若是问我，亲爱的朋友，她今天的故事有些太过于圆通
了。就像背下来的一样，不是吗？”

“你是说拉图尔多少指点过她，教她如何应付我们的
审问？”

"就是这样。"梅瑞狄斯点点头，"我并不怀疑整件事的真实性。她很可能真的是保姆。但要是相信她说的拉图尔常去找他们的理由，那就太蠢了。老太太门儿清着呢，我敢拿一个星期的工资打赌，在我们进展顺利的时候，一定是她通风报信，让他溜之大吉的。你看，我们盘问博明的情况肯定会——"梅瑞狄斯打住了话头，站在人行道中间，惊讶得合不拢嘴，鹰一般的脸上尽是难以置信的神情，"噢，我的——！"

"你到底怎么了？"吉博迷惑不解地问。

"泊在港湾那边的那艘汽艇。"梅瑞狄斯伸手指着，"船身有两条细红线的那艘……"

"嗯，怎么了？"

梅瑞狄斯用几句话简短描述了他们周六晚上在马丁角的遭遇。吉博吹了声口哨。

"你觉得是同一条船吗？"

"肯定是。快！咱们去防浪堤上走走吧。一定有人知道这玩意儿的主人是谁。"

梅瑞狄斯的这个假设是正确的。一群皮肤黝黑、光着脚的渔民正从一艘拴在码头边的尖头渔船上下来，朝岸上蜂拥而去。为了回答吉博的询问，他们滔滔不绝地同时解释起来。七嘴八舌了好一阵，吉博终于转向身边已经快要不耐烦的同事。梅瑞狄斯急不可待地问：

"如何？"

"这是艘私人游艇，名叫飞燕号。据这些人说，里面宽敞又豪华。"

"可主人究竟是谁呢？"梅瑞狄斯急问，"这才是我感兴趣的。"

吉博笑了。

"你最好把持住自己，这可是个高压打击。"

"噢，天哪！别吊我胃口。"

"好吧，信不信由你，船主是你那位富有的女同胞。"

"苍天在上！"梅瑞狄斯倒吸一口凉气，"海德维克夫人！这名字真是个晴天霹雳……"

IV

谢过吉博，梅瑞狄斯在警署的台阶前与他分手，然后在这一天里第二次前往帕洛玛别墅。十几个问题排在他的头脑里需要注意和解决。如果被他们看到泊在马丁角岩礁下的就是飞燕号的话（梅瑞狄斯觉得肯定就是），那这次航行是否得到了海德维克太太的允许呢？船上的人究竟是谁？在他们试图阻止游艇起锚的慌乱中，梅瑞狄斯只在奔跑的时候捕捉到了那人在飞快解缆的一个瞬间。在他手电筒的光柱下，男子的容貌晦不可辨。但有一件事是确定的。船上至少有两个人，因为当那家伙在船尾解缆绳的时候，引擎就已经在船体中部启动了。好吧，最多两个。可还是这个问题——是谁？拉图尔？博明？可后者能从博略专程赶过来吗？那就是拉图尔了？

梅瑞狄斯打了个响指。天，没错！韦斯特马科特小姐不是提起过他住在别墅时令人疑惑的夜间活动吗？那在这种情况下，拉图尔是在飞*燕*号上吗？由此可推——他不仅与伪钞团伙有牵连，与香烟走私也脱不了干系。也许布朗皮尼翁错了。说不定这两桩案子就是同一伙人干的。他知道下一步该怎么走了，要请求海德维克太太的允许，让他对游艇展开搜查，希望能找到一些线索，将假设转化为事实。

10分钟后，他和富有遗孀面对面地坐在了中式房里。虽然有些讶于他这么短的时间内再次登门，但内斯塔还是立即坦率地回答了他的问题。浮出水面的事实是这样的——

1.除了她自己，家里另外还有两个人手里有飞*燕*号发动机外壳和船舱的钥匙——申顿和拉图尔。

2.这两人都获许可以使用游艇，不过，如果是晚上用了飞*燕*号，海德维克太太就不知道了。她对飞*燕*号周六晚上出航的事毫不知情。

3.海德维克太太在周六晚上招待了几位客人，聚会直到凌晨一点之后才结束。申顿始终在场，但拉图尔晚饭后不久就离开了别墅。

梅瑞狄斯沿圣米歇尔大道散着步回港口，边走边想。就是这些了。三个人有游艇的钥匙——两个周六晚上有不在场证明。所以，*事实上*，一切都指向了拉图尔。和他在一起的人有可能是博明，也有可能是某个目前还未有嫌疑的人。

但问题是——拉图尔究竟在马丁角那儿干什么？卸走私货？但停泊处附近并没有被卸下的违禁品，而且走私者*还没来得及*把货分装到小船上，整船的香烟就已经被缴获了。这桩案子里会有女人吗？另一名船员是女性？

梅瑞狄斯迈上警署的台阶时还在思考这些费解的问题。所幸吉博还在大楼里，随时准备着陪梅瑞狄斯回港口。在他们穿过老城区深幽的小巷时，梅瑞狄斯给他的法国同事通报了最新的调查进展。

"你具体需要我做些什么？"梅瑞狄斯结束通报后，吉博问道。

"对了，这倒提醒了我，周六晚上说不定有人目击到了登船的人。码头附近总少不了几个游手好闲的家伙。我们或许能问到开船出港的人长什么样子。我估计船大约是10点到午夜这段时间开去了什么地方。与此同时，我要亲自去查一下那艘游艇。那位老夫人把钥匙借给我了，也允许我随意搜检。海德维克太太这么乐于助人，我认为她基本没有嫌疑。"

一拐进蒙里昂码头，梅瑞狄斯便右拐继续沿着海湾走，留吉博挨门挨户地去询问那排沿着海岸线开设的酒吧和餐馆。几分钟后，梅瑞狄斯登上了飞燕号，正式展开调查。督察不是航海人员，关于航海知识只懂些皮毛，但即便如此，他也能欣赏得出游艇简洁优美的线条、出色光亮的漆面以及令人惊讶的宽敞空间。打开船中部主舱的门，梅瑞狄斯迅速着手检查起每张铺位和储物柜，以期能发现什么隐秘的暗层之类。凭着他一贯的效率与谨慎，他逐渐把船里每一个角落和缝隙都仔细检查了一遍，直到他满意地认为没有一寸遗漏。在船尾的驾驶舱，他测量了两个油箱，也取了样。在前舱的幽深处，他又发现了一个非常大的水箱，便掀起镀锌的盖子，拧亮手电筒往里面照了照。可再一次，根本没发现值得怀疑的地方。水箱里面，正如所有人预料的那样，装的并不是一包包契斯特菲尔德或好彩牌香烟，而只是饮用水！他甚至把胳膊伸进过舱顶的钟形通风机里。可都无济于事。经过一小时一丝不苟、精神高度集中的搜寻后，他不得不承认，船舱的设计与陈设丝毫没有可疑之处。事实上，他只偶然发现了一条小线索。在前舱的一个床铺下方，他发现了半箱空酒瓶，酒瓶上的标签写着"夜圣乔治"。梅瑞狄斯回想起他们周六晚上在马丁角的岩石上发现的空酒瓶上也贴着同样的标签。当然，这没什么好惊讶的，但至少证实那晚的游艇就是飞燕号。

把客舱和机舱重新锁好后，他刚爬上码头，就看见吉博迈着轻快的步子沿着海湾走来，从督察的匆匆步履里可以猜出他有话要说。梅雷迪斯疾步向前，迎上了同事。

"怎么样，"他急切地开口，"有收获吗？"

吉博点头。

"不容易啊！大约周六晚上10:30，拉图尔登船的时候被两个人看见了。这个消息是我从一间海滨小酒馆里的几个码头工人那里听来的。毋庸置疑，他们经常看到那个家伙，也和他说过话。事实上，他们似乎跟他挺熟。"

"你是说这不是他们第一次看到拉图尔上船了？"

"才不是呢。他在晚上搭飞燕号出行的事显然已经持续大约两个月了——每周至少一到两次。"

"真是见鬼！"梅瑞狄斯脱口而出，他们后退一步，沿着宽阔的石墩朝城里走去，"你的证人知道拉图尔为什么选择在天黑以后出港吗？"

吉博颇为玩味地笑了。

"我可以把他对他们说的话告诉你，然后让你自行判断真伪。希特勒不是说过'谎言越大，被信的概率就越大'吗？拉图尔显然遵循了同样的原则。"

"你的意思是？"

"你猜他怎么跟这些家伙说的！他说自己在创作一系列描绘不同滨海城镇的夜景的画——街灯以及所有从海上看过去时的景象。"

"就像我们现在知道的那样，他连一幅该死的画都画不出来……"梅瑞狄斯吹了声口哨，"毫无疑问，他是在耍花招。快跟我说说——上星期六晚上，拉图尔是一个人上船的吗？"

"不是。他有一个同伴。据我的证人说，和他一起鬼鬼祟祟出海的一直是同一个人。一个上了年纪的白胡子男人，披长长的黑斗篷，戴一顶宽边黑帽。

"天哪，"梅瑞狄斯嘟哝着说，"听起来真像老式间谍电影里的反派！"

"对你而言——是这样没错，"吉博微笑着表示同意，"但是地中海沿岸这里，对这种奇装异服我们已经见怪不怪了。就我个人而言，我不认为这个老家伙的装束有什么好奇怪的。"

"那他的身份呢？"梅瑞狄斯急切地问。

"这一块，恐怕我们目前还是一片空白。码头工人对他的身份毫无头绪。他们从未能在那顶大帽子的阴影下看到过他的容貌。拉图尔偶尔停下来和他们说一两句话，可他的同伴总是一言不发地匆匆赶路。"

"真让人伤脑筋。"梅瑞狄斯评论道。

"法国人并不这么认为！"吉博眨了眨眼睛，反驳道，"你可以猜猜当地人是怎么说的。"

"'找出那女人'？"

"正是。白胡子，长斗篷，宽檐帽——在他们看来，这是掩盖……呃……女性形体特征的完美伪装。在我看来，"当他们绕过一圈再次走上蒙里昂码头时，吉博补充说，"我认为他们找到了一个非常可信的解释！"

第十三章

马丁角的线索

I

在经历了周末的冲刺后，接下来的24小时里，梅瑞狄斯的调查可以说降到了低档。没有进展，没有新情报。失踪的拉图尔杳无音讯，为了逮捕他，他们给全区所有的警察局都打了电话。但梅瑞狄斯也没闲着。他与海德维克太太又进行了一次刨根究底的交谈，从而为每个住在她家的人员拟写了相当全面的个人史。乍看之下，所有的女人，还有他们经常碰到的这个家伙——比尔·狄龙，似乎完全没有嫌疑。

但是对于托尼·申顿，梅瑞狄斯拿不定主意。这种犹豫并没有真凭实据，只是在第一次对他展开询问后，就感觉这家伙是个坏种。他周身散发着诡诈奸猾的气质，再明朗不过的花花公子气息立刻引得督察的警铃大作。他有种奇怪的印象，总觉得那年轻人很面熟。可如果真是这样——为什么？梅瑞狄斯兀自笑了。不论何时，当一个刑侦部的人员声称认出了一张脸，那通常是因为受怀疑的家伙有犯罪记录。准许一切怀疑，侦查过程的确如此。

他在想，是否有必要听从直觉，给苏格兰场的档案室寄去一张申顿的照片呢？以往无数次的经验告诉他，正是这些摸黑抓瞎、乱碰运气帮他找到了最终的答案。他那年迈的导师"塔比"·哈特过去经常怎么说来着？"尽忠职守的侦探为了破案，是会把每一块石头都仔细翻看、每一条街道都勘探一遍的。"

梅瑞狄斯由此这样说服自己：拉图尔一直住在别墅里靠诈骗牟利，现在他被怀疑与一个造假团伙有千丝万缕的联系，却在得知警方最近的行动后，被人通风报信，慌忙逃脱了。而住在同一幢别墅里的另一个年轻人，他的面孔让刑侦部的成员觉得眼熟。这两件事加起来若还不说明什么，那猪都会飞了！

于是周二中午，一张申顿的照片，连同督察的说明，被送往了苏格兰场。信上标注着——紧急。

II

对斯特朗警长来说，那个特别的周二标志着两段高强度行动之间的喘息间歇，喜悦而难忘。梅瑞狄斯正埋头对手上现有的证据展开例行梳理，也乐得让下属脱离办公室的束缚。纵然，他很欣赏这孩子的机敏和高效，但有时他兴致高昂的叽叽喳喳和无限热情也总是容易让人分心。也许，警长脸上某种深沉的忧郁也是他决定让弗雷迪放一天假的部分原因。这一整天的宝贵假期，弗雷迪决心把它全部奉献给迪莉斯·韦斯特马科特。当然，前提是她愿意赏脸。

在芒通赌场的露台上，两人如约会面后，他们重燃的友谊有了一个良好的开端。在迪莉斯同意赏脸后，他们决定午饭后到马丁角那儿散散步。

天气仍旧晴好无云。空气中闪烁着葡萄酒一般清冽强烈的光芒。地中海的蔚蓝海水，在近岸的地方染上了精致的紫色与绿色，像小猫咪舔牛奶那样轻柔地拍打着沐浴在阳光里的海岸线。松树下树影阴凉，阳光透过树叶将光斑投射在随海岬而起伏的道路上。两人走过松树，离开大路，开始攀岩，海岬的岬角像匕首一般扎进大海。几位渔民像大黑海鸥似的，零零散散地栖在水边。正巧注意到了他们，迪莉斯便焦急地问道：

"你喜欢钓鱼吗，弗雷迪？"

"我？上帝，不！"弗雷迪轻蔑地反驳，"我赞成积极地生活。抱着捕到一条湿漉漉的小鱼的渺茫希望，坐在湿漉漉的大岩石上，用一条湿漉漉的大虫子做钓饵，我实在看不出有什么意义。再说了，我的脾气也不适合——太急躁了些。我敢说你已经注意到了。"

"'冲动'不是更贴切吗？"迪莉斯笑了笑，"但我很高兴你不爱钓鱼。托尼可着迷了。"

"托尼？"

"托尼·申顿——你昨天在别墅里审问的时候见过他。"

"哦，我知道了——那个开深红色韦代特的金发大块头。说实话，迪莉斯，我实在不喜欢他那副样子。"突然想起自己在车库看到的情形，他不假思索地补充说，"他当然爱钓鱼。我现在记起来了。那次他带着一根长竿和大鱼篓。"

迪莉斯在最近的一块岩石上坐下，不解地望着他。

"你到底在说什么？我都不知道你昨天以前就见过托尼。我可以问你是在*哪儿*见的他吗？还是说这是你另一个职业秘密？"

"哦，上帝，当然不是！"弗雷迪不经大脑地反驳，"相当简单，而且光明正大。你瞧，我碰巧是——"他张大嘴巴，像一条上了钩的梭子鱼，使劲咽了口唾沫，苦恼惊慌地望向迪莉斯："哦，见鬼！这次我可真是失言了，都不知道该说什么。真是太尴尬了。我其实不应该去那里的……我是说，那样偷听……绝对是个糟糕的行为。但问题是……"

弗雷迪当机立断，鼓足勇气，坦白了他一大早在圣米歇尔大道逡巡的来龙去脉。当得知他出现在那儿并非偶然，而是希望能撞见她时，迪莉斯自然感到受宠若惊，满心欢喜。弗雷迪发现她并不打算斥责他后如释重负，为了取悦她，干脆将车库里发生的一切来了个竹筒倒豆子。

"你是说托尼的篮子里只有一块普通的石头？"迪莉斯不敢相信。

"只有那个。很奇怪，不是吗？这个蠢蛋大概是疯了。他经常一大早就出门找地方钓鱼吗？"

"嗯，每周大约一到两次。我一直都想不明白，钓鱼和托尼似乎并不太搭。"

"他对这种讨厌的娱乐感兴趣有多久了？"弗雷迪一边问，一边漫不经心地捡起一块小石子，扔向旁边岩石上一个摇摇欲坠的空酒瓶。

"这是他最近的爱好。"

弗雷迪搜索着寻找第二枚大小合适的投掷物。

"你说的最近是多近？"

"那一定是几个月前当他开始——"迪莉斯打断话头，狐疑地瞥了弗雷迪一眼，"听着，你这个烦人鬼，这些问题是出于你天生的好奇心呢，还是又在不露声色地盘问？"她叹了口气，"你真让人伤脑筋，弗雷迪。你在任何时刻都不忘自己的警察身份吗？"

"抱歉，"弗雷迪笑着说，"习惯成自然了。"他捡起第三颗石子，这一次，与其说是判断，不如说是运气，小石子径直击中了酒瓶正中央。他发出一声胜利的欢呼："成功！第三击。不赖吧？"

"可是太轻率了。"迪莉斯实际地指出，"现在那儿尽是几百块参差不齐的碎片了——"她停下，担心地望着他说，"弗雷迪！怎么了？出什么事了？"

他呆站在那里，视线越过几米外灰色光滑的乱石堆，紧盯着某处一动不动。弗雷迪费了好大的劲才将目光从这出其不意引起注意的东西上移开，他微笑着安抚道：

"哦……呃……没什么。只是头脑里突然想到了一个怪念头。跟你一点关系也没有，我保证。只是一串令人吃惊的想法。"

"正在工作的大侦探！"迪莉斯揶揄道，"看来我还得习惯习惯这些灵光一现的时刻，弗雷迪。刚才我真是被吓得不轻。"她举起双手示意他拉她起来，"现在换换精神，把注意力集中到我身上，如何？"

弗雷迪亲昵地笑笑，抓住她的手，将她拉了起来。

"我真走运，得来全不费工夫！事实上……"他小心翼翼地环顾四周，"要不是这地方视野开阔……"

他猴急地索吻，却一下子没站稳，朝一边歪下去，极不体面、极为尴尬地扑倒在了情人的脚边。这样的表现怎么说都算是出了糗，不过弗雷迪在伞松的枝叶下娴熟地故技重施，成功地弥补了回来。其后他整个人都飘飘然起来，当他们疲惫却快活地沿着阳光炽烈的滨海步行道返回时，弗雷迪幸福得无以复加。

III

在帕洛玛别墅外与迪莉斯依依不舍地告别后，弗雷迪匆匆穿过城区回到路易旅馆。他一路小跑上楼，来到梅瑞狄斯的房门口，急不可耐地敲门。

"*谁？*"梅瑞狄斯用明显的岛国口音朗声问道。

"斯特朗，先生。我能和您谈谈吗？"

"进来吧，门没锁。"

梅瑞狄斯没穿外套，衬衫袖子卷起，四周烟雾缭绕，端详着摆在面前桌子上的各种文件。看到斯特朗，他的脸上露出一个大大的笑容。

"小卡萨诺瓦①，今天过得还好吗？根据你红通通的脸蛋和乱蓬蓬的头发来判断，我敢说你度过了一个非常有趣

---

① 18 世纪富有传奇色彩的意大利情圣，有自传性小说《我的一生》。

的下午。散步散得可还愉快？"

弗雷迪腼腆地笑了。

"好得很，长官——谢谢。但我冒昧地闯进来，无意拿自己的私事让您分心。"

"别担心，警长，我向你保证。作为你的长官，我自然对会你恋情的进展保持关注。但如果你不是来聊那个年轻女人的，那么——？"

弗雷迪心急地打断：

"听我说，长官，您介意把车借我用一下吗？"

"到底有什么事？"

"这个嘛，长官，我有种预感，想要跟进一下。也有可能是我想岔了，但我隐隐觉得自己发现了这个伪造团伙的*运作方式*。"

"你这小鬼头！"梅瑞狄斯吹了声口哨，"就是这样吗？来吧，警长。拉把椅子过来，把你掌握到的情报跟我仔细说说，我们的调查到了这个阶段，任何预感都和旷野里的吗哪差不多①。好了，开始说吧！"

弗雷迪说了大约一刻钟，梅瑞狄斯只打断问了一个相关问题，其余时间都听得聚精会神。弗雷迪话音刚落，他

---

① 出自《圣经·出埃及记》16章，摩西领以色列人到达以琳和西乃之间的汛的旷野没有东西吃，以色列人便向摩西抱怨快要饿死。耶和华于是应许摩西将要赐食物予以色列人。当天晚上，耶和华开始降吗哪给他们吃。"这食物样子像芫荽子，颜色是白的，滋味如同搀蜜的薄饼。"

立刻站起来，放下袖子，伸手拿起夹克，然后从门钩上取下帽子扣到头上，急匆匆地说：

"小子，马上去车库把车开出来。我跟你一起去。我得先把这些文件整理一下锁起来，30秒后在大门口见——赶紧的！"

然而，就在梅瑞狄斯匆匆走过旅馆大堂前台的时候，领班拦住了他。

"先生，您有一通紧急电话。按照惯例，我将它接进了我的私人办公室。是警署的吉博督察打来的。"

"谢谢。"梅瑞狄斯点头，"我这就去接。顺便说一句，我想请你帮个忙。"

"当然可以，先生——任您差遣。"

"麻烦你找瓶'夜圣乔治'来——空瓶子就行。能做到吗？"

领班疑惑地睁大了眼睛。

"一个空瓶子，先生？"

"正是。"梅瑞狄斯点点头。

"很好，先生。这确实是个奇怪的要求，不过我这就给您拿一个来。"

5分钟后，梅瑞狄斯腋下夹着酒瓶，穿过双开门，斯特朗正在车里等着他。斯特朗立刻意识到出了新情况，因为督察的脸苦得像是刚被逼着喝了生柠檬汁。

　　梅瑞狄斯闷闷不乐地坐进驾驶座时，斯特朗委婉地问道：

　　"出什么事了吗，长官？"

　　"出事！"梅瑞狄斯哼了一声，"不得不说，确实出事了。"他怒气冲冲地挂挡，松开了离合器，"我早该想到这点的，警长。我大意了。大概是老了。不，这不是借口。

　　"我不明白，先生。"

　　"你不明白？那我就来告诉你。吉博打电话来说，他刚从几个码头工人那儿得到消息，飞燕号昨晚大约11点左右出海了。他的证人发誓，登船的人中有一个就是拉图尔。"

　　"拉图尔！"斯特朗惊呼，"但我以为——"

　　"我们都是这么以为的！"梅瑞狄斯接过话头，"这正是我们犯错误的地方。我们想当然地以为拉图尔已经不在芒通了。恰恰相反，这个狡猾的魔鬼，他就明目张胆地在我们的鼻子底下藏着。"

　　"他是一个人吗，长官？"

　　"不是！"梅瑞狄斯厉声回答，"我昨晚跟你说的那个穿黑色长斗篷的奇怪家伙陪着他。天晓得，我真气我自己。我应该叫吉博派个人去码头盯着游艇的。这是我们第二次让拉图尔从指缝里溜走啦。不管怎么说，我已经派了一个人今晚去那儿守着了。"

"但您看这儿，长官！"当梅瑞狄斯把车开到凡尔登大街，向地中海长廊驶去时，斯特朗喊道，"这则意想不到的消息与我的新推论完全吻合。我的意思是，如果拉图尔昨晚把船开走了，那就说明——"

梅瑞狄斯刚才的坏脾气一扫而空，马上接住他的话说：

"上帝啊，没错！我怎么就没想到。"接着他又问了个貌似毫无关联的问题，"对了，你有没有注意到我们周六晚上看到的那个酒瓶发生了什么变化？你今天下午散步的时候一定经过了上次汽艇停泊的地方。"

弗雷迪严肃地点点头。

"是的，长官。它不见了！"

梅瑞狄斯低吹了一声长长的口哨；接着，他突然乐观起来，宣布：

"苍天在上，斯特朗！我想咱们拿住他们了。他们逃不出我们的掌心了，孩子。"

IV

马丁角，博略的瓦尔德布洛尔别墅，接着前往芒通和帕洛玛别墅。当梅瑞狄斯和斯特朗回到路易旅馆时，饭点已经过了很久了。但只需跟领班吩咐一句，两人很快就在空落落的餐厅里坐下来，享受了一顿迟来的晚餐。梅瑞狄斯点了瓶博若莱红酒以示庆祝，两人无不欢欣鼓舞。鉴于梅瑞狄斯此前的消沉，他们这晚的调查结果简直可以称得上是桩奇迹。先是弗雷迪的预感功不可没，而他们随后在瓦尔德布洛尔别墅和帕洛玛别墅打听来的消息则更是锦上添花。突然间，仿佛变魔术一般，一连串毫无关联的线索豁然开朗，呈现出清晰明朗的面貌。之前困扰着他们的节点现在都解释得通了，简明得惊人。梅瑞狄斯心想，事情总是这样，一旦找到了解决方法，你甚至都很难相信这算得上是个问题。

不过督察没心情把时间浪费在分析自己的好运上。尽管10点钟已过，可他还是激动得无法让这一天的调查画下句号。梅瑞狄斯匆匆喝完咖啡，向斯特朗点了点头，然后两人一起匆匆走向汽车。

在空无一人的街道上飙了三分钟，他们就抵达了港口。吉博派去盯住飞燕号的警察正站在海港高大石堤所形成的浓重阴影里，距离泊在那里的游艇只有几米远。

"还好吗？"梅瑞狄斯问。

"没人来过，先生。"

"好！"梅瑞狄斯言简意赅。

梅瑞狄斯心想，这番交流话虽不多，但却完全在他的语言能力范围之内。不管怎样，他把他想知道的都告诉他了。他转向斯特朗。

"好了警长，我们上船吧。"

当然，对梅瑞狄斯来说，这番地毯式搜查只是他前一天在飞燕号上搜查的重复。但现在，他确信自己忽略了一些重要线索，所以这次他的调查更为持久与细心。他拧亮手电，吩咐警长也照做，然后打开船舱，一起开始工作。

过了半小时，他们感到疑惑又灰心，一无所获。梅瑞狄斯盯住斯特朗摇了摇头。

"没找到，警长。我可以发誓我们的推论是正确的，真想不明白到底是哪里出了差错。毕竟，我昨天搜查游艇时并不知道自己要找什么。什么线索都没有，不是吗？但现在我们在找一个具体的物件，事实上，它必须占据一定的空间。它肯定限制了我们的搜索范围。我很沮丧。希望你别介意，但我承认这一点。"

"要不今天就先到此为止吧，先生？"

"不，小子，不行，"梅瑞狄斯固执地回绝，"我们从头再来一遍。来，我们到前面去，然后从驾驶舱开始。我们有一整晚的时间。"

梅瑞狄斯的顽固到底成功了。第二次搜检约20分钟后，一直困扰着他们的这个问题终于迎刃而解。

"好，好，好！"梅瑞狄斯高兴地笑了，"关于它你知道些什么，警长？平心而论，这招真巧妙啊！当然，你知道这个发现意味着什么吗？"

"我们把这个团伙彻底粉碎啦，长官。"

"我想正是这样。布朗皮尼翁现在可以起草回头要用的逮捕令了。小子，今天的工作收获可观，也非常令人满意。除了一个例外，我们现在已经差不多是瓮中捉鳖啦。"

"这个例外是'白皮'·科贝特吗，先生？"

"没错，斯特朗。我们被派来追查和逮捕的那个人。有点失望，对吗？我也痛恨做事留尾巴。"梅瑞狄斯转过身锁上了前舱的门，"不过今天的进度本身也已经够令人满意的了。我们不能指望奇迹。走吧，警长？该回去睡觉了。明天还有一场会议在等着呢，我们得跟好朋友布朗皮尼翁详尽地谈一谈。我猜他会乐不可支的！"

第十四章

流转的假钞

I

早些时候一通打到尼斯的电话使得布朗皮尼翁督察快马加鞭地朝芒通赶来。吉博把他的办公室让出来，于是在那个星期三上午，刚过10点，梅瑞狄斯、斯特朗、布朗皮尼翁和吉博就纷纷在当地警局二楼的那间逼仄、办公氛围浓厚的办公室里坐定了。

自然，整场会面的气氛始终洋溢着一股压抑的兴奋。经过成效甚微的几周之后，案子突然进入了结论性阶段，如山的铁证取代了未经证实但看似可信的推论。布朗皮尼翁那张圆润慈祥的脸上笑逐颜开，活像热锅上的猫，坐都坐不住。他急不可耐，只能勉强逼自己坐在椅子上。吉博刚关上门，坐回桌子后面的椅子上，布朗皮尼翁就爆发了：

"*我的天啊！* 我们有必要这样浪费时间吗？你希望我被好奇致死吗，*朋友们？* 现在就告诉我，你们到底发现了什么？"

"几乎一切！"梅瑞狄斯咧嘴一笑，他正不慌不忙地划火柴点烟斗，布朗皮尼翁看得心急如焚。梅瑞狄斯说："但别指望我来开这个头。这是警长的事。他是第一个点燃导火索的人，如果你们准许，先生们，我想请他开始解释侦查程序。可以吗？"两名法国探员点点头。"好了，警长，开始吧，我们洗耳恭听。"

"可……可是您到底想让我从哪里开始呢？"弗雷迪结结巴巴地说，突然压到肩上的责任似乎让他有点受宠若惊。

"从头开始，小伙子。"梅瑞狄斯干脆地建议道，"这永远都不失为一个好主意。"

"您的意思是从我在帕洛玛别墅的车库碰巧看到的开始？"梅瑞狄斯点头。"好吧先生，上星期天早晨，我……"

弗雷迪干脆地详述了那天早晨他从小栅格门上的窥视孔里所见到的一切——申顿开着韦代特回来；他那似乎是从晨钓带回来的奇怪的"渔获"；女仆走进院子的时候他慌忙将斑斑点点的沥青圆石藏了起来。应布朗皮尼翁的要求，他得时不时地停下来，以便吉博将布朗皮尼翁听不懂的短语翻译给他听。接着弗雷迪说到前一天下午和迪莉斯·韦斯特马科特一起散的步。在描述完他们前往马丁角的路线之后，他接着说：

"我们爬过岩石，来到离大海只有几米远的地方。韦斯特马科特小姐坐了一会儿，我们开始聊天。总之，长话短说，我碰巧注意到了在我们前面几米远的一块岩石上竖着一只空酒瓶。"弗雷迪咧嘴一笑，"我自然无法拒绝这个诱惑，于是开始朝酒瓶扔石子。扔到第三块时，我正中靶心。接着，就在它近旁，我发现了那块圆石。"

布朗皮尼翁问："圆石？那是什么？"吉博做了解释："啊！那块石头。那你这一发现的意义何在呢，朋友？"

"这个嘛，长官，我注意到它上面有沥青渍，就跟申顿从他的鱼篓里拿出来的一样。那些沥青渍的样子——*5个点，多米诺骨牌上'五'的那种不对称样式——一模一样！*"

"*我的天啊！*"布朗皮尼翁猛吸一口气，"继续！继续！"

"我立刻意识到这5个点出现在那里绝非巧合——我是说，不论是数字或排列方式，两处出现的圆石都完全一致。很明显，它们是被*画*上去的。然后我反应过来，这个倒放的瓶子可能也与圆石有关——它放在那儿可能是种记号。韦斯特马科特小姐没注意到我已经认出了其中一块碎玻璃上的标签——夜圣乔治，长官。”

“夜圣乔治！”布朗皮尼翁激动地转向梅瑞狄斯重复道，“但那是我们周六晚上突袭游艇后，你在岩石上发现的空酒瓶上的标签啊！”

“正是，”梅瑞狄斯点头，“它出现在那里也是同样的原因——标记出某块经过特殊设计并做了记号的大圆石被扔在岸上的位置。昨天，当斯特朗经过现场时，他注意到酒瓶已经不见了。很可能圆石就是在这段时间里被拿走了，瓶子被扔进海里，或者藏在了灌木丛中。”

“但为什么……？”布朗皮尼翁嗫嚅着，黝黑的脸上带着茫然的、几近是低能的表情。

梅瑞狄斯笑了。

“我来帮你捋捋吧，我亲爱的朋友。介意我现在接着你说下去吗，警长？没错！现在让我们来探讨一下这个谜团的基本事实。我们在周六晚上意外发现的游艇是飞燕号——这点毋庸置疑。拉图尔和某位神秘人士上了船——这个神秘人士身披斗篷，戴着宽檐帽，我的好朋友吉博认为是个女人。拉图尔登船有一个原因，也只有一个原因，就是要扔下一块有奇怪标记的圆石，然后用空的夜圣乔治酒瓶标出它的位置。顺便说一句，在游艇上，我发现了一个板条箱，有整整半箱这种空酒瓶。”

“我的天啊！”布朗皮尼翁惊呼，懊悔地用手拍着自己的脑门，"别再操心这些酒瓶啦。我搞不明白的是这些石头。"

"一开始我们也没有，"梅瑞狄斯承认，"直到我们找到了一块，并且成功地将之打开。"

"打开？"吉博迷惑地问，"你葫芦里到底卖的什么药？"

"在那5个点的正下方，装着一个隐藏得很好的弹簧锁扣。我运气很好，按到了正确的位置，这个精妙装置的盖子就弹了起来。毫无疑问，里面是空心的。一块厚铅板塞在岩石底部，以抵消空心而损失的重量。很聪明，是吧？这块石头表面看上去、摸起来都足以乱真。"

"那这个空心，"布朗皮尼翁问，"是做什么用的？"

"为了装厚厚一沓假钞，刚印出来，还啪啪作响的假钞，我亲爱的朋友。"

布朗皮尼翁一下子站了起来。

"他们就是这样印制假钞的！印钞机也在飞燕号上——你是这个意思吗？"

"设计得很巧妙啊，是吧？"梅瑞狄斯笑出了声，"还有比这更合适的地方吗？拉图尔所要做的就是入夜后在近海巡游，把事先安排好的假钞印出来，把它们塞进一个这种圆石头里，然后再将它扔到附近海岸线上某个偏僻的地方。"

　　"可他们何必煞费苦心地这样提防呢？"吉博问道，"为什么不把钱装在口袋里离开游艇？"

　　"因为他老开*飞燕号*出去夜航，警察总是有可能会产生怀疑的。如果游艇遭到了搜查，或是他上岸的时候被搜了身……那他脱身的机会就跟地狱里的冰柱一样渺茫了！那些钱是烫手山芋，拉图尔不会冒险去经手的。你得承认，这很说得通。鉴于他们这样特殊的*作案手段*，我们理所当然认为海德维克的游艇与任何形式的犯罪团伙都没有干系。"

　　"没有？没有关系吗？"布朗皮尼翁喊道，他激动得发抖，在房间里踱来踱去，"你的意思是……没有关系？那印钞机呢？我们这些警察难道蠢到连在船上发现了印钞机也不起疑心吗？*妈的！我才不信呢，老兄*。"

　　"你别急！没这么快，"梅瑞狄斯笑着说，"你们法国人总是对自己的逻辑性引以为豪。那我们就从逻辑的角度来看这个问题。"

　　"*不错，我做的就是这个！*"布朗皮尼翁抗议。

　　"不完全是，"梅瑞狄斯纠正道，"老兄，实话实说吧。除非有确凿的证据证明拉图尔是犯罪团伙的成员，否则你是不会着手在游艇上搜查一台违法的印钞机的。我的意思是，要是他或任何同伙都并没有在上岸的时候因携带假币而被人赃俱获，你真的会怀疑假币是在*飞燕号*上被造出来的吗？记住，这船主可是深孚众望的海德维克太太。"

"没错，"布朗皮尼翁垂头丧气地承认，"你说得对。如果没有在他下船的时候抓到他带着假钞，我们怎么会怀疑到这上头去呢？"

"正是。别忘了，我们*是*通过烟草商吉耶万和驼背雅克·迪菲盯上的拉图尔。拉图尔用假钞收买迪菲的行为完全是致命的疏忽。即使到了那时候，我们也没把犯罪团伙和飞*燕*号联系起来，直到后来我们在周六晚上撞见游艇在马丁角泊岸。你说我说得对吗？"

"*是的，*"布朗皮尼翁怯怯地回答，"这很有道理。"

"这是第一点。接下来说第二点。即使我确实查到了飞*燕*号头上，它也确实没有任何可疑之处。诚然，当我周一搜查这艘船的时候，并没有明确是要找一台印钞机，因为当时我也不知道他们是如何运作的。你能跟得上吗？"

"*能，能，很好。*"布朗皮尼翁点头。

"但昨晚，当斯特朗和我再次搜查游艇的时候，就是*希望*能找到印钞机。但即便如此，若不是因为一次幸运的小事故，我们大概也会放弃这个推论，自欺欺人地说印钞机并没有在飞*燕*号上。"

"那你是什么时候找到的？"吉博迫不及待地问，"到底是哪儿——"

梅瑞狄斯使坏地挤挤眼睛插嘴说：

　　"哦，不，我不会一勺一勺地喂你们的。这个会结束后，我们开车去港口，我会给你和布朗皮尼翁一个亲自发现的机会的！但在此之前，我们先回到假钞案的接收部分——即钞票印好后的收集和发放问题。据警长和我目前探明的，这个团伙只有三个人——要是算上那个神出鬼没的'白皮'，就是四个。"

　　"他们是？"吉博问。

　　"拉图尔，申顿和博明。拉图尔印钞；申顿收集；博明处理。在这三个人当中，我高度怀疑英国人申顿是组织的幕后黑手。现在我们来说说细节。你们还记得警长说的关于申顿清晨外出钓鱼的证据吗？"两位督察点点头。"嗯，这就是他去拿钞票的托词。很简单吧？比方说，到马丁角或是他们约定好放钞票的地方钓鱼。迅速找下周围的空酒瓶，接着再装作不经意地在标记周围扫一眼，找到那块用沥青画了5个点的中等大小的石头。即便附近有其他垂钓者在岩石上钓鱼，申顿要将圆石神不知鬼不觉地滑进鱼篓里也易如反掌。"

　　吉博质疑：

　　"我还是觉得这听起来过于复杂了。"

　　"一点也不。钞票必须放在岸上的某种容器里。而这个容器必须像变色龙一样融入周围的环境。还有什么比混在数以百万计的岩石中更有伪装性呢？事实上还远不止这些，我在适当的时候会讲到。无论如何，我们现在有了确凿的证据表明这就是申顿的作案方式。昨天晚上我们带了一个夜圣乔治的空酒瓶开车去了马丁角。我们把它放在警长最开始发现标记的岩石上——就是他用小石子砸坏了的那个！为了消除所有的怀疑，我们还把每块碎玻璃都捡了起来。之后，在帕洛玛别墅，我和韦斯特马科特小姐私下谈过。让她留意自己的窗外，看看申顿今天早晨是不是早早地出发去钓鱼了。如果是的话，她会打电话到我住的旅馆。"

"她打了吗？"布朗皮尼翁问道。

"打了——他6:30左右走的。如果这还不算证据确凿，我立刻辞职！"梅瑞狄斯笑出了声，"就这么多。随着警长意外发现了那块圆石的线索，已经掌握的那一连串证据中剩下的几条线索就都能扣上了。我们开车去了马洛伊在博略的别墅，找到了要找的东西——上面有五个点、看上去特别自然的一块石头，被用来支挡一扇车库门。"

"可它是怎么到那儿去的呢？"布朗皮尼翁立即发问，"这个博明负责出手假钞，但不负责收集它们啊。至少你刚才是这么跟我们说的。"

"不错，亲爱的老兄。我们也问过自己同样的问题。博明是如何在芒通从申顿那里取的钱？是申顿亲自送来的吗？如果是，时间和地点？我们突然想到，申顿和博明要约定一个碰头的地点并不容易。博明无从知道自己究竟什么时候要当值出车。这一点上校讲得很清楚。司机经常会接到临时任务。再者，申顿的私生活丰富，让他正在兴头上的时候离开别墅也并非易事。"梅瑞狄斯转向斯特朗，"然后我们就找到了解释，对吗，警官？"

"一路大捷，先生！"斯特朗嚷嚷道。

"你看，"梅瑞狄斯接着说，"我们发现每周五晚上博明都开车送马洛伊夫妇到帕洛玛别墅去打桥牌。我们立刻意识到这就是我们要找的'联系'。这是博明取钱的好机会，而且不会引起丝毫的怀疑。事实上，大家甚至都觉得博明并不认识拉图尔或申顿。"

"但你验证了自己的结论是正确的……你怎么做到的？"布朗皮尼翁问。

"我们从博略直接开车去了海德维克太太家。在车库的院子里，我们发现了一块一模一样的圆石，功用都完全一样。你发现这一切的精妙简单了吗？博明将空的圆石偷偷放进劳斯莱斯里——很可能是在驾驶座下面或其他合适的地方。在前门放下马洛伊夫妇后，他把车停到别墅后方的车库。在那里他将空石头与申顿为他准备好的那块石头掉个包。毫无疑问，拉图尔负责把空的石头从别墅运到船上——据韦斯特马科特小姐说，大概是放在他用来装画具的背包里。我判断，有这样一组圆石在不停地流转。别墅到船，船到岸，岸上回到帕洛玛别墅，帕洛玛到瓦尔德布洛尔，瓦尔德布洛尔再回到帕洛玛，循环往复。"梅瑞狄斯停下来，掏出块手绢擦了擦额头，带着得意的神情转向他的法国*同行*，"好了，先生们，这就是我们的故事，希望你们喜欢。现在，在我们开车去飞燕号之前，还有什么——"

有人在敲门。

"*请进！*"吉博喊道。

一个警察走了进来。

"*致梅瑞狄斯先生。*"

他取出一张电报，这是路易旅馆的经理十万火急送来警局的。

梅瑞狄斯点点头："啊，谢谢，我正盼着它呢。"警察一关上门，他便接着说，"我向苏格兰场打听了一下我们这位申顿的情况。"他草草撕开信封，扫了一眼随信附上的内容，低声吹了一声口哨："乖乖，你们快听听这个，先生们——*关于你的质询/调查对象1939年于沃姆伍德·斯克拉比斯监狱服刑6个月/西区夜店偷窃/以你提到的名字受到指控/审判时疑为化名/未得证实。*"梅瑞狄斯带着满意的微笑巡视四周，把电报放回信封塞进口袋。"所以我对那个年轻人的直觉并没错。正如我怀疑的那样，一个坏家伙。我敢肯定以前见过他的脸，很可能是……苏格兰场掌握的罪犯相片库里见过他！"梅瑞狄斯停了一下，重燃起烟斗，接着补充说："现在在我们开车去飞燕号之前，还有什么问题吗，先生们？"

"*呃，有，*"布朗皮尼翁点头，"只是一个小问题。披斗篷的这人——你说吉博怀疑她是女人。而根据你的说法，*朋友，*你好像并不同意，是吗？"

"是的！"梅瑞狄斯断言，"有一个很好的理由。我们现在确切知道了钞票是在船上印出来的，所以我坚信拉图尔的同伴是个男人。"

"男人？"布朗皮尼翁焦躁地问，"但是谁呢？"

"一个对印钞机操作不可或缺的人，拉图尔必须依仗那人的专业知识和技能。事实上，这人才是整个黑幕的核心。"

"*真见鬼！*"布朗皮尼翁惊呼，富于表现力的黑眼珠向上翻了翻，"'白皮'·科贝特本人！"

"没错。"梅瑞狄斯笑，"正是我被派来抓捕的那位先生。"

II

"喂，"梅瑞狄斯从码头上嚷道，"有发现吗，先生们？"布朗皮尼翁满脸通红，怯怯地把头伸出舱门，抬头看了一眼折磨他的人，晃了晃拳头。

"半小时过去了，我们一无所获——什么都没有，*老伙计！简直难以置信*。但我没耐心继续搜查了。可能你心里已经偷偷笑过我们了吧？"

"当然啦！"梅瑞狄斯坏笑着说，他朝斯特朗点点头，后者正蹲在近旁的一个系缆桩上，"好了我们上船吧，把他们从困境中解救出来。"

轻轻跳上游艇甲板，梅瑞狄斯和斯特朗在两名法国督察的陪同下，穿过走廊进入前舱。在那里梅瑞狄斯拧开他的手电，打开了一个位于双层铺位前方、深嵌在右船舷的黑色舱柜。梅瑞狄斯示意同事们上前，夸张地挥手宣布：

"*得了，先生们！*谜底就是这个。"

"淡水舱！"吉博喊道，"真要命，我们打开盖子往里面瞧过，可这该死的东西里面全是水啊。"

"*我们*之前也这么以为，"梅瑞狄斯承认，"我甚至用手电筒朝里面照了一下以便查明。如果我没有这样做，我们可能还在黑暗中摸索呢，是吧，斯特朗？"

"你是说你发现了这个舱柜有蹊跷，引起了你的怀疑？"布朗皮尼翁问。

梅瑞狄斯摇头。

"不——即使我有所怀疑，也没发现它有什么古怪。"

"那究竟……"吉博迷惑不解地问。

"我的手电从手中滑落，掉进了水里——仅此而已。"梅瑞狄斯从口袋里摸出一块在码头捡的碎石片，把它递给布朗皮尼翁，"把这个扔进去，仔细观察，亲爱的朋友。"

梅瑞狄斯将手电筒的光柱向下照进水箱，扑通一声，布朗皮尼翁轻轻地把碎石片投了进去。它下沉了约50厘米，随后似乎受到某种不可知的异常重力的影响，仍悬浮在水中。

"可是，*我的天啊！*"布朗皮尼翁嚷道，"太反常了！怎么解释呢？"

"这个嘛……"梅瑞狄斯简短地说。

他让斯特朗尽可能地将盖子向后打开，然后探出身子，小心地抓住水箱的边缘，取出了巧妙地装在舱柜顶部的假水箱。在它下面是隐蔽的深槽，里面一个一米多见方的水套，起着防水的作用。水套里藏着的正是那台印钞机！

"上帝啊！"吉博惊呼，"难怪我们没有发现。当然，我们听了一下水箱的响动，确认它不是空心的。"

"没错，"梅瑞狄斯点点头。"你们没有起疑心，因为他们特别聪明，将小一点的水箱装在第一个大水箱里面，然后用水填满它们之间的空间。我们第一次搜查也是这样被糊弄过去的。这想必得归功于'白皮'，我敢用我一周的薪水打赌，肯定是他想出这个主意的。他和拉图尔所要做的就是把印钞机从凹槽里抬出来，印出钞票，再把印钞机抬进去，然后把这箱水重新装进水箱的顶部。我想上面的这个箱底没有引起我们的注意是因为手电筒的光从水面反射过来，从而蒙蔽了我们。不管怎么说，这就是他们玩的把戏。现在我们手头唯一悬而未决的问题就是——'白皮'·科贝特到底藏身何处？找到那个问题的答案，我想，我们就万事俱备，可以将他抓捕归案了。"

第十五章

步履蹒跚的伦敦人

I

　　回到吉博的办公室，这群警官继续展开讨论，他们还得决定逮捕通缉犯的最佳方案。梅瑞狄斯认为，在发现拉图尔和神出鬼没的"白皮"的下落之前就逮捕申顿和博明后果不堪设想。那两人肯定会听到他们被捕的风声，一旦如此，他们就会像铁锅上的雪花一样融化得无影无踪。诚然，拉图尔已经逃离了别墅，因为他怀疑警方已经知悉了这伙人的行动——但即使是拉图尔也不知道警察究竟查出了多少。毕竟，他逃出别墅后，不是还开游艇出过港吗？申顿不是这天一早才刚拿到最新一批的假钞吗？拉图尔和科贝特可能已经心生警惕，甚至说不定会潜伏一段日子。

但很明显，目前他们无意放弃这项利润丰厚的生意。至于博明和申顿，他们还无忧无虑，不知道自己被怀疑上了，也完全没有理由怀疑自己已经被与犯罪团伙或彼此打上了关联。

"那你有什么建议吗，*朋友?*"在详尽地讨论了这个多少有些棘手的问题之后，布朗皮尼翁问道。

"这个嘛，不由我说了算，我亲爱的伙计。真正的逮捕行动是*贵方*的任务。但权衡利弊后，我反对立即采取行动。我得说，太冒险了。如果我们把逮捕博明和申顿的行动推迟，比如，48小时，那么在此期间，我们就有能逮到拉图尔和科贝特的希望。另一方面，要是博明和申顿*实在碰巧*发现我们已经掌握了他们的情况，那么这一推迟将允许他们在一切尚属平静的时候照常行动。我们最近在这一带展开盘查，比如，我们对*飞燕号*感兴趣，他们总是有可能听到风吹草动的。归结起来就是这样。如果再等上几天，我们就有可能把这四个人全部捉拿归案——或者，也有可能点儿背，让他们从我们的指缝间集体逃脱也说不定。简而言之，这就是我们目前所面临的局面。但我必须把最后的决定权留给你和吉博。"

"*嗯，好吧。*"布朗皮尼翁点头，显然有些拿不定主意，"你怎么看，吉博?"

吉博耸耸肩。

"双鸟在手胜似四鸟在林，"他用高深莫测的语气说，
"但另一方面……我也相信梅瑞狄斯的想法是对的。好吧，
思来想去，我赞成推迟逮捕。"

"好！"布朗皮尼翁大声回答，他和善的脸庞瞬间涌
上了笑容，"那我就同意了。我们再给自己48小时，争取
找到拉图尔和科贝特。用你们的话说，希望渺茫，是吗？
但，走着瞧吧！就这么定了。"

吉博办公室里的这群人此时还没有意识到，这一决定
将带来诸多意料之外的不幸后果。

II

督察在大伙儿分头去吃午饭之前，确定下了接下来调
查的分工。吉博负责飞燕号的日夜盯梢。他已经起草了一
份值勤名单，特别安排几名当地的便衣警察执行这项任
务。拉图尔和科贝特的拓展搜查工作也将由吉博亲自承
担，梅瑞狄斯和斯特朗协同前往。他们约定下午两点在警
局碰头。

因此，匆匆吃过午饭，两位英国人便又来到吉博的办
公室，展开了深入讨论。

"我不知道你怎么想，"梅瑞狄斯说，"但在我看来，
我们应该在沿海地区挨家挨户地彻底搜查一遍。至少可以

先这样。毕竟如果'白皮'经常登船出海，那么他的藏身
之处肯定就在海港附近。要是他差不多刚好就住在附近，
那就容易得多，风险也小得多。你觉得呢？"

吉博点头。

"我想我们的首要任务，应该是图里尼公寓。我们已
经知道拉图尔一直与*门房*格里尼诺老太太保持着联系。物
以类聚——"

"没错，"梅瑞狄斯等不及说完便打断，"'白皮'说不
定就深藏在其中某间公寓里——要么是他一个人，要么是
公寓里某个不引人起疑的家庭。这就是我们的着手点，亲
爱的伙计。要是在那儿扑了个空，那我们就他妈的把码头
一带所有可能的人家和餐馆搜个遍。"

他们立即开车奔赴波拿巴码头，几分钟后，在对格里
尼诺夫人又进行了一轮详尽的盘问之后，他们开始动手搜
查那座房子。这是项耗时且艰巨的任务，需要无尽的机敏
与耐心。鉴于所有问询都必须讲法语，这项责任自然落在
了吉博肩上——不过梅瑞狄斯和斯特朗也没闲着。他们不
仅要盘问每一位房客，彻底搜查每一处潜在的藏身之所也
是必要的。毕竟，拉图尔可能会贿赂某位住户，让他或她
对通缉犯的存在守口如瓶，而他们敲门的声音，可能会激
得那家伙跑到事先安排下的隐蔽地点藏好。

他们从一楼查到二楼；又从二楼查到三楼、四楼；再

从四楼到空阔的地窖，那是这座建筑的一个半地下室。*其间*舒内小姐又接受了一次审问。但她，就像格里尼诺夫人和其他所有住在这里的人一样发誓，不论在图里尼公寓里还是周边，她都从来没有见过任何符合"白皮"描述的人。3个小时艰苦卓绝的辛劳后，他们不得不承认自己空手而回。

他们挑了家附近的餐馆随便吃点小吃，同时也在前去波拿巴码头展开扩大搜查前顺理成章地喝杯*开胃酒*。两小时后，他们情绪低落，萎靡不振，动身来到了劳伦蒂码头。但他们遇到的总是同样茫然的眼神和坚定的摇头，还有同样的否定回答和令人动气的前言不搭后语。对于一个在过去一连几周里，不断地在码头上来来往往、从飞燕号上上下下的人来说，"白皮"·科贝特似乎有着神奇的隐身本领！简而言之，这一带没人见过他，更别提和他说过话或认识他的人证了。最为重要的是，从来没人听到过关于那个家伙的任何闲话。

最后这一点让梅瑞狄斯尤为困惑。"白皮"或许是个一流的造假者，但他肯定不是语言学家。他绝不可能隐瞒得了自己是英国人，或至少是外国人的事实。此外，"白皮"也是一个小范围特征——他净身高只有一米七左右——肤色死白，他当初也是因为这点才得了这么一个绰号。如果一个身材矮小、脸色苍白的外国人在这一区连续晃荡了几星期都没引起任何注意的话，那可真是古怪极了。这个谜题看起来似乎只有一个合乎逻辑的答案。"白皮"之所以没有在海滨被人注意到，原因很简单，那就是他压根不住在港口附近。总之，他们的调查就是该死的在浪费时间！

直到天已经黑透了，这三位警官方才沿着劳伦蒂码头折返，朝他们停着的车走去。精疲力竭，腿如灌铅，心灰意冷，即使地中海的晚风格外清新怡人，沿着蜿蜒的海滨经过灯火辉煌、鳞次栉比的小店和餐馆时，他们也几乎没有说话。不少人在宽阔的人行道走上走下，或是坐在咖啡馆外的大理石桌旁喝酒。梅瑞狄斯停下点烟斗，暂时落在了两位同伴的后面，他们也正忙着各自梳理思路，迈着沉重的步子朝汽车走去。

督察刚弹飞那根燃尽的火柴，这时一个小男孩被一个打着手势的愤怒女人追赶着，从附近一家糕饼店里蹿了出来，活像一只刚逃脱陷阱的灰狗。从那孩子咬得紧紧的下颚来看，很明显是店主发现他偷了她的商品。他突然出现在人行道，迎面撞上了一个弯腰驼背、干瘪枯瘦的小个子男人，他拖着脚从商店一旁经过，眼睛似乎正盯着地面。从梅瑞狄斯的角度看来，这次冲撞的结果令他大吃一惊。那个脾气暴躁的小个子男人一气之下似乎想朝那顽童头上来一拳。

"喂！看着点！打爆你的头！"

在这种情形下，责难固然合情合理，可究竟为什么，梅瑞狄斯不禁好奇，这个老先生脱口而出的是英语？不仅如此，这几句英语还带着明显是伦敦口音的省略音和鼻化音？他猛地转过身来仔细瞧住这位白胡子老人。接着他大为震惊。这男人的样子他绝对没看走眼，对方一边低声咕哝着，一边又回头继续在灯火通明的人行道上拖着步子往前走。那正是格里尼诺先生——图里尼公寓看门人的傻丈夫！

所以格里尼诺其实会说英语是吗？还是*伦敦英语*！在必要的时候，他的头脑可以像其他人一样敏捷清晰。这到底意味着什么呢？格里尼诺的疯狂是装出来的？那家伙，所有的嘟哝、傻笑、摇头晃脑，难道都只是在装腔？

接着，犹如晴天霹雳，老人的行为一下得到了解释。一个惊人的猜测，令梅瑞狄斯越来越激动。上帝啊，错不了！这下都齐了！伪装的神志不清，口齿不清的嘟哝，空蒙的眼神——对一个想要隐藏自己身份的人来说，还有什么比这更好的托词呢？姓氏是法国姓氏，但其实是土生土长的英国人？躲在痴傻的表象后面，要掩饰他，其实一个法语单词也不会说或听不懂就很容易了。拉图尔不是定期前去那个正面装着玻璃的小屋子里探望格里尼诺夫妇吗？图里尼公寓距离海港不就一步之遥吗？最重要的是，这位格里尼诺先生不正是一个小个子，一不留神就蹦出了句伦敦骂吗？

上帝啊，没错！毫无疑问。针对神出鬼没的"白皮"的搜查已经结束。现在只要他们愿意，随时都可以在图里尼公寓抓住他！

Ⅲ

这天晚上10:30，他们匆匆赶到尼斯，随后商定了一套将通缉犯捉拿归案的方案。最后期限定在第二天上午的10:30。布朗皮尼翁去博略逮捕博明，他们给瓦尔德布洛尔别墅的马洛伊上校打了一个电话，请他确保在约定的时间内司机待在宅子里。梅瑞狄斯、斯特朗和吉博则去图里尼公寓对付科贝特，将他逮捕后，他们立马直接赶往帕洛玛别墅逮捕申顿。

"白皮"的暴露恰逢其时，又出乎意料，布朗皮尼翁高兴得喜形于色。

"你确定无误吗，*朋友*？我们不会误捕一个无辜的人吧？"

梅瑞狄斯坚定地摇了摇头。

"绝不可能！天晓得我之前为什么没能识破这个诡计。当然，胡子和橄榄色的皮肤骗住了我，另外就是他装出来的痴傻。确实是高，不得不说。拉图尔知道那个老妇人靠得住，而且我猜，当安排她在图里尼公寓做看门人时，他一定骗房主说她是这个笨蛋的妻子。'白皮'需要做的准备工作就是把胡子蓄起来，再给死白的脸增加点颜色就行了。至于假扮傻子的想法，自然是为了克服语言困难，防止人们问尴尬的问题。包括我们在内！很妥帖是吧？所以今天下午打听这一带有没有人见过或听过一个身高一米七、白脸英国人的消息时，我们自然一无所获。但我敢打赌，我们问过的每一位证人都曾见过格里尼诺夫人的疯'丈夫'在街区拖着脚走、喃喃自语。你如果问我，我得说'白皮'几乎拥有完美的不在场证明。如果不是那个小家伙……好吧，我们很可能还在抓瞎呢。博明，申顿，现在是科贝特。这三个如同囊中之物了，是吧？很遗憾我们没能抓到拉图尔。我特别讨厌事情收不了尾，拉图尔就是其中之一。然而……"梅瑞狄斯耸耸肩，"看起来到目前为止，我的任务已经完成了。我得跟你说，亲爱的布朗皮尼翁，此行我每一分钟都过得非常愉快。*英法协约*，不是吗？回到苏格兰场后我会想念你和煦、普罗旺斯式的笑容的！"

第十六章

失踪的花花公子

I

第二天一早，"白皮"的追捕工作顺利完成。整桩任务完成得秘密高效，图里尼公寓内外都无人知情。"白皮"本人被打了个措手不及，并没有怎么试图否认自己的身份，咆哮了一阵，暴躁地发了几句牢骚，意识到自己的处境难以转圜便认输了。他坐在当地警车的后座上，被梅瑞狄斯和斯特朗夹在中间。车子在阳光明媚的街道一路疾驰，将"白皮"送到了警局，把他关押在那里，直到布朗皮尼翁过来将其押送去尼斯。在图里尼公寓的台阶上，格里尼诺夫人扭着双手，目送着她的前"丈夫"——大概是永远地——离开了她的生活。她被告知要做好接受进一步审讯的准备。吉博已经明确说明，她可能会因事前事后向警方隐瞒情报并被作为从犯起诉。

一安置好"白皮"，三位警官就急匆匆地回到车上，以最快的速度驱车前往帕洛玛别墅。毕竟，他们是不会让那个可怕的老妇人——格里尼诺夫人，有机会向申顿递眼色的。在拉图尔那桩案子里，他们已经吃过这亏了。

梅瑞狄斯在圣米歇尔大道上的别墅大门附近将车停下，派斯特朗到车库就位并密切注意大楼的后门处。正如督察指出的那样，申顿总有感觉不妙、想要溜之大吉的可能。斯特朗刚从边门溜进去，梅瑞狄斯就转向吉博。

"都准备好了吗？"吉博点点头。"那咱们就走吧。"

和上次一样，是莉塞特在前门给督察应了门。但一问到申顿先生是否在家时，那姑娘向他投去含义不明的一眼，支支吾吾地说：

"对不起，先生——但……但申顿先生不在。"

梅瑞狄斯焦急地追问道：

"你是说他离家——到什么地方去了吗？"

"不——不完全是这样，先生。"

"那就是单纯出门了，这会儿不在，是吗？"

姑娘愈加尴尬。

"哦，不，先生。我想他是……"她一下子缄默，有点着急地说，"也许您想见见海德维克夫人？可能由她解释一下更好。"

"好得很,"梅瑞狄斯表示同意,对女孩奇怪的迟疑态度感到困惑,"请告诉她我是梅瑞狄斯督察,好吗?"

姑娘将他们招呼进中式房后离开了。吉博开口道:

"很是有些古怪。这家伙要么在,要么就是不在。"

"相当古怪。搞不懂那个女孩有什么好闪烁其词的。不管怎样,我们来看看海德维克太太怎么说。"

事实证明,内斯塔·海德维克有许多话要说!她相当不安。秉着一贯的直接,她毫不迟疑地道出了令她心烦意乱的原因。她滔滔不绝的叙述中有一点引人关注——申顿没有下楼吃早餐。半小时前,她上楼去过他的房间,结果发现他的床没有睡过,他的车也不在车库里。内斯塔问过家里的其他人,但显然,自从昨天晚餐后就没人见过申顿。不过博内太太,那位厨娘,信誓旦旦地说,昨晚9点过后不久,就听见他韦代特发动的声音。所以有可能是他出门兜风时车坏了。可如果这样的话,他为什么不打电话说一声今晚要在外面过夜呢?内斯塔说,明知她会有多担心,却什么都不通知她,这可不是他的作风。而且真奇怪,就在她正要给警局挂电话的时候,警察竟然自己找上门来了。

"现在您来了,"内斯塔单刀直入地问,"找申顿先生有什么事?"

"私事。"梅瑞狄斯含混地回答，"我们只想问他几个问题——仅此而已。"

"这样啊，他不在这儿，你也就问不成了！"内斯塔尖酸地回击。接着她的情绪陡然一变，继续说道："我不禁怀疑他是不是出了意外。我一直担心这个。可我又想，要是出了什么意外的话——"内斯塔察觉身后的门开了，回头瞥了一眼，不留情面地问道，"说吧，莉塞特，什么事？"

"打扰了，太太，有吉博先生的电话。警察局打来的，先生。"

海德维克太太发出一声微弱的尖叫。

"瞧，我说什么来着？我就知道自己是对的！我有预感。可怕的事情发生了。我敢肯定。"

在同事出去的空当里，梅瑞狄斯尽了最大的努力让这个心烦意乱的女人平静下来，但过了一会儿，当吉博回来时，梅瑞狄斯立刻意识到一定是出事了。

"夫人，恐怕有令人不安的消息要告诉您。"

内斯塔说不出话来，缩回椅子，上气不接下气地说：

"是托尼，对吗？*出*了意外。我就知道！我就知道！他……他没……？"

吉博摇头。

"不，不完全是意外，夫人。但报告称今晨发现他的韦代特被遗弃在了马丁角。文职警官知道我在这里，就直接给我打了电话。"

"但是托尼……？"内斯塔有气无力地问，"他们没有收到消息吗？"

吉博抬起肩膀，犹豫了一阵，接着平静地宣布：

"靠海的岩石上发现了一顶男式贝雷帽，距离停车点大约100米。一顶黑色的贝雷帽，夫人，上面装饰着红色的小绒球和英国空军的银质徽章。"

内斯塔双手捂住扭曲的脸，战栗着发出一声哀吟。

"是的……没错……那是托尼的。不会有错。那，这说明什么呢？这是什么意思，督察？"

"这一点，"吉博同情地摇摇头说，"我们还有待调查。我们开车来的，夫人，若您同意，我建议咱们立即驱车前往马丁角。"

II

那辆被遗弃的汽车的消息是一家坐落在岩石峭壁上可以俯瞰岬湾风光的旅馆经理报告的。那天清晨6:30左右，从芒通骑自行车过来的一名工作人员首先注意到了它，但经理没有立即打电话，以为车主可能是在附近散步。但随后，当他自己下楼时发现那辆车还在那里，便得出结论：

此事应该立即报警。一处细节更使他觉得刻不容缓，*因为驾驶座对面的踏板上有血迹！*

于是他联系了当地的警察，他们亲自查验过韦代特后，给芒通的警局打了电话。正是这名警察在岩石边上捡起了那顶黑色贝雷帽，当时就被扔在车的对面。

梅瑞狄斯、吉博和斯特朗抵达现场后，遇到了正在韦代特旁执勤的人。吉博听取完他的报告后，两名督察开始对车辆展开彻底的搜查。旅店经理证词的真实性毋庸置疑。踏板内侧有几块星星点点的血迹，仔细检查后可以在踏板上方的车体上发现更多的血迹。由于车身的深红色油漆，乍看之下这些血迹极容易被忽视。

"嗯，"他们初步检查完，站起来，吉博问道，"你怎么看？"

"最起码可以说，这很奇怪。车厢里面没有血，只在驾驶座对面有这么点零星的血迹。即便有什么不正当行为……你明白我的言外之意了吗？"

"你的意思是，如果申顿被袭击了，那一定是在他下车后发生的？"

梅瑞狄斯点头。

"我们一旦这样假设，那就遇到了另一个奇怪的地方。"

"什么？"

"血迹在驾驶座的*对面*，也就是说在车的右边。既然申顿显然会从左车门出来，这说明他在被袭之前肯定绕着车走了一圈。奇怪啊，不是吗？你可能会认为是攻击者在他爬出来的时候拦住了他——那就是说，当时他正处于不利的地位。这是个细节，我承认，有必要记住。"

"不错，"吉博表示同意，"假设申顿已经被击倒，那么我们有理由假设，袭击他的人随后把他的尸体抬过岩石，扔进了海里。*其间*，他的贝雷帽掉了——"

"喂！喂！"梅瑞狄斯突然插话，"别心急，亲爱的朋友。假设这里就是袭击地点，那为什么沿路没有血迹？我很清楚没有，因为我一直在找。"

"好吧。"吉博灰溜溜地承认，"那你做何解释？"

"假设申顿被谋杀了——看在上帝的分上，让我们把这个'假设'牢牢放在眼前——那就是在别处被谋杀的。凶手只是用韦代特把尸体送到这个特殊的地点。很可能就像你说的，把尸体扔到了海里去。"

"也对，这样一来车篷的问题倒可以解释得通了。"吉博表示同意。

"车篷？"

"是的。我一来就注意到了。在我们这一带，敞篷车的车篷升起、侧窗紧闭的情况实属罕见。根据我的印象，我们这儿已经两个星期没下雨了。昨晚肯定没下雨。事实上，天气还特别暖和，没有风。"

梅瑞狄斯点点头。

"我明白你的意思了。车篷升起来了，车窗也关上了，因为凶手想掩盖后座上有一具尸体的事实。这倒是说得通。尽管我不禁猜测，凶手要是把尸体推进井里，再盖上一件外套，那所有这些麻烦都是不必要的。毕竟他的一个想法就是尽快离开犯罪现场。"

斯特朗在整个谈话过程中一直全神贯注地听着，他恭敬地说：

"还有另外一点，长官。"

"嗯？警长你说说看。"

"嗯，长官，关于抛尸大海的推测。"

"你不认同吗？"

"不认同，我真不敢相信，长官。您瞧，昨天韦斯特马科特小姐和我在岩石上散步的时候就发现路很难走。白天想走稳了都非常困难，要是让一个人晚上扛着重物，比如150多斤的重物穿过岩石地，那他没摔断腿就算幸运的，摔断脖子都是有可能的！"

梅瑞狄斯点头表示同意。

"孩子，你对事实的观察很机敏。"他转向吉博，"你同意吗？"

"事实上，"吉博说，"提出这个推论后，我自己又重新考虑了一下。"

"怎么说？"

"潮汐问题。沿着这片海域，其实根本没什么浪头。跟你们的英国潮头不一样。即使尸体从岩石上被扔出去，我敢肯定不出几个小时它还是会被冲上岸的。"

"听起来更有道理，是吗？其实另外还有一点，也能驳倒这个'抛海弃尸'的理论。"

斯特朗问道：

"是什么呢，长官？"

"天啊！你还不明白吗？韦代特！如果凶手希望以这种方式处理证据，为什么要把车停在100米开外的地方再抛海弃尸呢？疯了吗？他为何要把人们的注意力都吸引到他急于隐瞒的事情上呢？"

"*正是！*"吉博喊道，"但那顶贝雷帽呢？海德维克夫人确认了那是申顿的。"

"我想是的，"梅瑞狄斯说，"但贝雷帽没可能是*故意*扔在岩石上的吗？"

"您是说转移注意力吗，长官？"

"正是，警长。在我看来是这样设计的。谋杀发生在A地点，凶手的车在B地点被丢弃，然后在C地点藏尸。永远都要假设，"梅瑞狄斯以他一贯的谨慎补充说，"可能*有*这样一个凶手存在。也要永远记住，如果有受害者，可能不是托尼·申顿。

Ⅲ

尽管梅瑞狄斯坚信尸体并没有被扔下海，但他们还是谨慎地沿着海角最外围的岩石海岸展开了漫长而彻底的搜索。什么都没找到。甚至连一滴证明尸体被人从路边搬到水边的血迹都没有。这正如他们所料。

他们沿着滨海公路开车回帕洛玛别墅，吉博开那辆韦代特，梅瑞狄斯和斯特朗开警车。在吉博给布朗皮尼翁打电话通报最新进展时，梅瑞狄斯抓住机会与内斯塔·海德维克进行了更深入的交谈。

现在可以肯定的是，她的预感没有出错，这个可怜的女人正濒临崩溃的边缘。尽管督察有意做到了不露痕迹，但在警察从马丁角回来后，她还是很快意识到，他们现在怀疑这是一起谋杀。然而，她还是努力使自己镇定下来，沉着理智地回答了梅瑞狄斯的问题。

在督察看来，这次面谈是很成功的。许多关键信息浮出了水面。海德维克太太说自从前一天吃过晚饭后就没人见过申顿，现在看来这个说法并不完全准确。不可否认，当发现申顿的床没人睡过以后，她就在家里到处问有没有人见过他。但有两个人她没问到，原因很简单，因为他们不在。这天早上刚吃过早饭，姬蒂·林登和那个叫狄龙的家伙就开着狄龙的车去山间玩了。据海德维克太太说，他们带了一份午餐便当——所以很可能要到晚上才能对他们进行审问。仅此而已。

当梅瑞狄斯向这位悲伤的女人问起那些年轻人之间的关系时，他发现自己抓住了一条至关重要的线索。在过去的几天里，姬蒂·林登和申顿之间的关系明显冷淡了，尽管之前他俩几乎形影不离。在海德维克太太的心目中，姬蒂无疑是不可救药地迷恋上了申顿，在某种程度上，小伙子也有同样的感觉。现在他们显然大吵了一架，于是今天早上姬蒂就和狄龙一起出门消磨时间了。这里面有文章吗？梅瑞狄斯很是好奇。无论如何，三角关系永远都是一个屡见不鲜的谋杀动机。那这宗案子呢？狄龙妒火中烧，与情敌大吵一架，然后在盲目又冲动的时刻捅了对方一刀，难道这就没可能吗？这种事情以前发生过，以后也不会绝迹。要是能知道狄龙有没有可能在前一天晚上与申顿有过交集，那就有意思了，他们很可能是在别墅外的某个地方见的面。

但在这一点上，海德维克太太帮不上忙。昨天一吃完晚饭，她就因头痛回了卧室。她也不知道狄龙在晚上剩下的时间里是否离开过家。不过，为何不问问她的侄女呢？她可能知道。

他在阳台上找到了那个正紧挨在斯特朗警长身边的姑娘。除了眼前的景象，他们还对他的突然出现感到尴尬，这充分证明他们一点时间都没有浪费。因此梅瑞狄斯也绝不浪费自己的时间！几个巧妙的问题后，在她看来，狄龙的嫌疑更大了。这个女孩的证据清晰扼要。督察的笔记摘要如下：

9:00（约），厨娘博内夫人听见申顿开着韦代特走了。

9:30（约），迪莉斯·W目击狄龙离开了家。当女孩问起，他说要去海边散步，呼吸呼吸新鲜空气。

10:40，狄龙回家，在客厅和迪莉斯还有姬蒂·林登待了一会儿。简短聊了几句，喝了点东西就上楼睡觉了。

11:10，迪莉斯和姬蒂上楼休息。迪莉斯听到狄龙房间里洗脸池的流水声。喊了一句"晚安"，狄龙也做了应答。

梅瑞狄斯谢过这位年轻女士的合作，带着身后有些不情愿离开的下属，走到车旁，吉博已经坐在驾驶座上等着了。

梅瑞狄斯问："我们的好朋友布朗皮尼翁对这个消息做何反应？

"他这就赶过来。不管怎么说，有一则好消息。博明已经成功缉拿了。但我们这儿新出的状况却让可怜的布朗皮尼翁惊慌失措。他建议我们吃顿便饭，一点半在我办公室见面。你看行吗？"

梅瑞狄斯瞥了一眼手表。

"1:05。"他微笑，"5分钟到旅馆，那我们还有20分钟在外面吃顿四道菜的午餐！嗯，我想应该可以。别担心，好同事，咱们会准时到的。"

第十七章

致命的失足

I

梅瑞狄斯和斯特朗踩着点准时到了吉博的办公室，和他们的法国同事们坐到了一起。他们放弃了四道菜，只吃了个美味松软的法式香草煎蛋卷。这一次，布朗皮尼翁那满月般圆润的脸上明显没了笑容。他瘫坐在椅子上，带着一个小男孩般的不满神情凝视着自己翘起的脚，仿佛在最后一刻错失了期待已久的某种乐事。他开门见山地嘟哝一句：

"这是个坏消息，*朋友们*。这是我们没有预想到的复杂局面。你确定申顿被谋杀了吗？"

"这个嘛，要是车上的血迹可以证明某人被谋杀——

或者至少受了重伤的话，没错。但*事实上*，我可从没说过这'某人'就是申顿。"

"吉博从别墅给我打过电话后，你还有新发现吗？"

梅瑞狄斯详细描述了他与海德维克夫人及其侄女交谈时得到的信息。他继续说道：

"如果我们认为申顿已经玩完了，那就不能无视韦斯特马科特小姐提供的关于狄龙昨天晚饭后行踪的重要证词。毕竟，如果那个家伙迷恋着林登小姐，那他就有作案动机了。"

"*是的*，动机。"布朗皮尼翁赞成，"但*作案手段*是怎样的呢？我们从事实来看。车是在马丁角被找到的，从圣米歇尔大道到马丁角的路程不短。可能的作案时间呢？你说狄龙是9:30离开的别墅，10:30就回来了。一个小时？狄龙有可能在这段时间里往返吗？"

梅瑞狄斯挤挤脸。

"表面上看是不行。但考虑到所有的已知条件，我仍然认为我们可以对整桩命案提出一个可行的构想。是这样。假设狄龙和申顿约在了别墅外见面——可能是为了讨论他们和林登小姐的关系。假设当狄龙出现时，申顿正站在他停着的车旁边。我想，帕洛玛别墅附近的道路到了晚上一定非常昏暗又人迹罕至。好了，狄龙接着拔出刀，在申顿还没来得及自卫的时候就朝对方捅去，然后把他的尸体藏在了附近某个合适的地方——当然，还不忘除下那顶泄露天机的黑色贝雷帽。然后，他开着韦代特，飞速冲向马丁角，把车扔在路边，把贝雷帽放在岩石上，暗示尸体已经被扔进了大海。"梅瑞狄斯转向吉博，"你估计从圣米歇尔大道到发现那辆车的地方大概有多远？"

吉博迅速心算了一下，宣布：

"粗略估计大约有两公里半。"

"所以到10点钟的时候，我猜狄龙可能已经做好了回家的准备，他大约还有35分钟。"

"还没有车。"布朗皮尼翁立刻补充。

"不错，"梅瑞狄斯点头，"但即使他没能搭上顺风车或幸运地等到公交，我仍然认为他可以相当轻松地步行走完这段距离……当然，我的意思是在现有的时间条件内。他是个运动型的人，就我所见，状态也很好。"梅瑞狄斯带着询问的眼神环视四周，"好吧，先生们，你们怎么看？有异议吗？"

"先生，我并不想打断您。"弗雷迪恭敬地开腔。

"你说，警长？"

"要是申顿在自己的车旁边被刺了一刀，那么在那个可怜的家伙倒下的地方——路边或是人行道上，不会有血迹吗？"

"也许有，"梅瑞狄斯简洁地提出质疑，"只是到目前为止，我们还没有展开搜查。若是要找，这就是个庞大的工程了。"

吉博建议："更别提还要在别墅周边搜寻失踪的尸体。不过我并不是在反驳你出色的案情重现，亲爱的朋友。这为我们立即展开调查提供了基础。"他看向布朗皮尼翁，"长官，您同意吗？"

布朗皮尼翁沉吟片刻，带着戚戚然的神色谨慎地说：

"我不太确定，吉博。还有许多小问题需要考虑。*比如说*，狄龙先生衣服上是否有血迹。韦斯特马科特小姐没提这个，*可是天啊！* 应该有啊！韦斯特马科特小姐也没有告诉我们，他回到别墅时是否正处于焦虑不安的状态。她只字未提。可一个刚刚犯下命案，又走了大约两公里半的人——"有人在敲门，"*请进！*"布朗皮尼翁喊道，"*你们说是吧？*"

"有梅瑞狄斯先生的电话，是韦斯特马科特小姐，先生。"

"你的小情人吗，警长？"梅瑞狄斯揶揄地看了他一眼，"不知道*她*到底想说什么？失陪，先生们。我去去就来。"

梅瑞狄斯低估了他缺席的时间。足足过去了5分钟，他才回到吉博的办公室。缓缓地环视了那一圈好奇的面孔，他那鹰一般的脸上浮现出严峻的神情。

"*怎样？*"布朗皮尼翁急不可耐，"什么事？你看起来好像听到了坏消息，*朋友。*"

"确实。"梅瑞狄斯言简意赅。

"那是？"吉博问道。

"*大约一小时前，我们的朋友狄龙自杀了！*"

"自杀！"布朗皮尼翁惊呼，直接跳了起来。

梅瑞狄斯点头。

"他从悬崖上跳下去了！"

Ⅱ

布朗皮尼翁是第一个从梅瑞狄斯这一意外通报的震惊中恢复过来的人。

"韦斯特马科特小姐是怎么知道的？"

"姬蒂·林登刚刚被送回别墅，整个人都垮了。她晕倒在一个叫布罗山口的地方，被一名美国游客发现了。这位姑娘显然能说出都发生了什么，并在完全昏迷前说出了自己的地址。"

"天哪！"布朗皮尼翁惊叹，"那这个美国人呢？"

"这就开车过来。他答应了韦斯特马科特小姐带我们去惨剧发生的地方。到目前为止，尸体仍未找到。我猜今天上午有许多事都在等着这位不幸的韦斯特马科特小姐收尾——姑妈濒临崩溃，而这位林登小姐却瘫在沙发上。她实在不知道该向何方求助，所以才给我打了电话。"

"自杀？"吉博了然地点点头，接着说道，"如果接受你关于狄龙要为申顿失踪负责的推论，这可能就是他行为的合乎逻辑的结果。"

梅瑞狄斯说：

"于心有愧所以自我了结？我也是这么想的。但直到我们——"

所有进一步的猜测被一位文职警官打断了，他报告说，一位姓巴克内尔的美国先生求见梅瑞狄斯警官。

布朗皮尼翁说："太好了。督察马上就去。"他看向梅瑞狄斯，"我得回尼斯开个会，朋友。你记得回头告诉我，今天早上在布罗山口到底发生了什么事，还有你在申顿失踪案中所取得的进展。当然，我理解，现在科贝特已经归案，你的任务就正式完成了。在我们侦破申顿的失踪案之前，若是苏格兰场的警长不允许你和斯特朗警长继续留在这里，我这就给苏格兰场打电话。您说行吗？"

"我自然是再高兴不过了，亲爱的伙计，只要助理警察总监同意。"

"好！那就这么定了。"布朗皮尼翁转过身对吉博说，"让科贝特戴上面罩和手铐，把他带到我的车上。明白吗？也许——你们英语怎么说来着？——稍加拷问，他就会告诉我们哪里能找到拉图尔先生了！我们不能忘记，这人仍在逍遥法外。同时也不能忘记，用刀刺伤了我们申顿老弟的也有可能是*他*。至于动机，目前，"布朗皮尼翁一语作结，"我们暂且不得而知。"

Ⅲ

巴克内尔的车是一辆线条流畅、车体锃亮的长型轿车，像匹纯种马一样从芒通方向顺着斜坡一路开过去。这位美国人像终其一生都坐在方向盘后面驾车穿越大陆、翻山越岭的人一样，开车的时候漫不经心。他是一个不拘小节又健谈的家伙，上车才10分钟，梅瑞狄斯就对他有了相当的了解。他正在前往罗马参加*酒店经理国际聚会*的路上，途经格勒诺布尔，朝滨海阿尔卑斯省慢慢开去。他的南行之路被这个意外事故所打断，不过这会儿他已经完全平静下来。

在卡斯蒂隆北面不远的地方，巴克内尔放慢了速度，指出他发现那个女孩在路边跌倒的位置。

"我注意到大约一两公里外停着那辆汽车。我猜是那个叫狄龙的家伙跳崖的准确位置。"

"不知道那女孩为什么不用车？"梅瑞狄斯发问。

"我问过她。她好像不会开车。要我说，真是所幸我走了这条路。因为这里不会堵车，你说是吧？"

　　巴克内尔说得对。经过一片鲜艳热闹的沿海城区后，只要开一小段路，就会发现自己置身于壮观又荒芜的群山之中，这是很奇怪的。几分钟后，巴克内尔在停着的汽车旁停下，梅瑞狄斯走出车，眼前的壮美景色让他屏住了呼吸。这条山路蜿蜒地绕过山腰的一个冲角，外侧陡峭的绝壁在此处形成了一个天然的瞭望台。狄龙的标准轿车恰好停在路内侧的一个幽深处，车旁的岩石边上铺了一块格呢毯子，很明显，两人选择了这个地方作为他们的野餐地点。梅瑞狄斯注意到在道路的外弯处竖起了一道低矮的木栅栏，大概是当地政府为之。当坐在车后座的斯特朗走上前去加入他时，梅瑞狄斯开始评论说：

　　"这就排除了意外的可能性。我承认，这栅栏不是特别高，但要翻过它就必须得先爬上去。我之前不明白为什么那个女孩如此肯定狄龙是故意跳下去的，现在看起来这是显而易见的。"

　　梅瑞狄斯小心翼翼地爬上栅栏，慢慢走到悬崖边，向下凝视。督察当然并不恐高，但即便是他，用眼睛在下面岩石遍布的山谷里搜寻尸体的时候也感受到了片刻的眩晕。他的头脑很快清醒过来，在岩石与灌木丛的褐色背景中捕捉到了一道白色闪光。

　　他冷峻地宣布：

"那个可怜的家伙在那儿。可我们究竟要怎么去——"他停下，旋而激动地补充道，"不，慢着！山谷里似乎有一条崎岖的小路可以上山，看起来像马道之类的。"梅瑞狄斯翻回来，拿出在离开警局前吉博非常有先见之明地塞进他口袋的那张大地图。他专心研究片刻，然后脱口而出："没错，这是一条马道。看这儿——标得很清楚。"

"长官，而且看起来，"斯特朗在梅瑞狄斯的手肘边勾着头看地图，他补充说，"它与这条路是连着的，一直延伸到莱斯卡雷讷。"

梅瑞狄斯转向美国人。

"听我说，巴克内尔先生，似乎没必要再耽搁你的时间了。我们可能要在这上面待上几个小时。如果我们真能找到那个可怜的家伙的话……嗯，那也不会是一个特别令人愉快的景象。既然现在有狄龙的车可以用……"

"我想你是对的。"巴克内尔点头，"我再待下去也没有什么意义。"他伸出一只友好的大手，"很高兴见到您，督察。要是告诉家里人，我遇见了一位苏格兰场的大侦探，他们一定会乐坏的。"

谢过他的合作，并协助美国人将车倒到一个可以转弯的地方后，梅瑞狄斯和斯特朗赶紧回到狄龙的车旁。斯特朗将毯子叠好扔到后座，然后坐上副驾驶位，梅瑞狄斯已经在方向盘前坐定了。向前开了几百米，来到一个斑驳的路标前，他们向左拐，沿着缓慢蜿蜒的下坡路向远处的莱斯卡雷讷开去。道路甚至一度偏离了绝壁巨石所形成的扶壁。接着，让梅瑞狄斯满意的是，路又重新折回，直奔峭壁山脚而去。片刻过后，梅瑞狄斯猛踩刹车，将车缓缓停了下来。

"这就是那条马道了，警长。我看这条路的宽度足以让车开过去，但我们最好还是别冒险了。要是道路变窄，我们都掉不了头。"

他们从车上跳下来，沿着美其名曰马道的松软多石的路面轻快地出发了。斯特朗遵照梅瑞狄斯的建议，将叠好的毯子搭在胳膊上。只走了一小段路，绕过一块露出地表的大块岩石后，他们便发现了不幸的狄龙的尸体。

他脸朝下趴着，一只胳膊伸在外面，另一只弯叠在胸口下方。他身穿已经褪色的卡其军装式衬衫，白色短裤和胶底鞋，背上仍牢牢绑着一个庞大耐用的帆布背包。

梅瑞狄斯小心翼翼地将尸体翻过来，他和斯特朗同时低头凝视着死者的脸。纵使久经沙场的梅瑞狄斯已经能对各种生理惨状见怪不怪，但他此时仍难掩厌恶地不由得打了个寒噤。

他使劲地咽了口口水，开腔评论道："嗯，不怎么悦目啊，对吧，警长？"

"简直吓人，长官。不管怎么说，他是不会知道自己摔得有多惨了。不过倒算是个安慰。这个可怜的家伙真是跳对地方了。”

“这地点再恰当不过了，”梅瑞狄斯表示同意，“所以我想我们可以有把握地排除他是冲动行事的可能性。要我说，狄龙应该是非常熟悉布罗山口附近的地势，而且今天早上，他是*故意*带着那个姑娘朝这个特殊的地方——”梅瑞狄斯突然停下话头，单膝跪下，将耳朵凑近亡人的左腕。“你能相信吗，警长？他的表还在走——玻璃都没碎。”解开猪皮做的表带，梅瑞狄斯更仔细地检查起了手表。然后他直起身子，厉声说：“天哪！你看它背面的刻字。”

“*致比尔，亲爱的妻子姬蒂赠。*”斯特朗读道，“可……可这究竟是什么意思，先生？”

“就是字面意思，警长。错不了。除非他们在这段时间里离婚了，否则这就意味着姬蒂·林登小姐其实是*比尔·狄龙的妻子*。至少，”梅瑞狄斯把头冲脚边那具残缺的人形一点，修正道，“在她的丈夫跳崖之前，她都是他的妻子！”

第十八章

停在那里的韦代特

I

比尔·狄龙的遗体用格纹毯裹着，安置在车的后座上。梅瑞狄斯发动汽车，踏上了归程。斯特朗敏锐地察觉到了上司莫测的情绪变化，于是明智地没有对这天跌宕起伏的一连串最新进展发表议论。很明显，在画工精良的烟斗后方，督察正在紧张地进行思考。

梅瑞狄斯的想法其实正摇摆不定。姬蒂和比尔·狄龙是夫妻，这一完全始料未及的发现使他改变了先前对这个年轻人自杀动机的猜测。万一他错了呢？如果狄龙的自戕与申顿的神秘失踪无关呢？总之，如果与申顿无关，而是与姬蒂有关呢？

还有一种爆炸性的假设也可能逼得狄龙这样的老实人自杀。不妨这样看：姬蒂迷恋着申顿（这是肯定的，因为海德维克太太特意强调了这一点）。狄龙得知妻子住在帕洛玛别墅后，赶紧南下芒通，无疑是希望拆散这种不正当的——并且对他来说是丑闻的——关系。他试图说服姬蒂回到他身边。她拒绝了。好吧——然后呢？狄龙让女孩和他开车进山，毫无疑问，称这是试图修复两人裂隙的最后一次绝望的尝试，然后他们就来到了布罗山口。最后他以一个倔强夸张的姿态，逼迫女孩见证她不忠的最终后果。简而言之，狄龙自杀并不是因为于心有愧、萌生逃避之意，而是想从一种无法忍受的境地中一了百了。

梅瑞狄斯转念又想，这里面可能有什么隐情。姬蒂拒绝回到他身边很可能是他自杀的*表面*动机。但还有一点需要考虑。要是狄龙已经决意结束自己的生命，并在自杀前先除掉申顿呢？至于动机，自然是出于嫉妒———种亲手复仇，报复那个破坏了自己婚姻、多少算是和妻子私奔了的男人。

假设狄龙杀了申顿，当然，*作案手法*他们此前已经讨论过。事实上，吉博同意梅瑞狄斯的理论，即真正的凶杀其实发生在帕洛玛别墅附近，并答应立即对附近的道路和花园展开侦查。毫无疑问，现在调查已经展开。他们有三个明确的目标。（A）探明谋杀实际发生地的道路或人行道上是否有血迹。（B）在邻近的别墅打听打听，看是否有人注意到停在那里的韦代特或任何能佐证他们理论的东西。（C）彻底搜查当地所有的隐蔽地点，以期能找到失踪的申顿的尸体。

梅瑞狄斯心想，等他们到芒通的时候，吉博可能已经发现了一条值得注意的线索。

II

然而，当回到警局时，他却从文职警长那里得知吉博带着两个便衣警察还没回来。梅瑞狄斯心下焦急，想赶紧将狄龙的尸体从车后座挪走、送到太平间去，却发现警长一个英语单词也听不懂，他异常为难。他用生硬的法语试着解释情况，但那个警长却依然毫无反应，这令他气馁得不行。快速浏览了一遍袖珍词典，梅瑞狄斯不幸地发现该书的编辑并未能提供一个适合眼下场合的短语。叫出租车；问时间；谈论天气；和不尽责的服务员吵架——是的！但一涉及将尸体送到公共太平间的问题时，编辑就避而不谈了。梅瑞狄斯试了试：

"请问能否将汽车里的尸体送至公共太平间？（原文为法语）"就在这时，吉博大步流星地走进了办公室，他如释重负。

"啊，谢天谢地，你来了！"梅瑞狄斯松了一口气，大声说道。

"怎么了——出什么事了吗？"吉博问。

梅瑞狄斯三言两语地概括了他们去到布罗山口那里后的结果，并向吉博解释，不幸的狄龙的尸体还在车后座上。

"你想把遗体送到太平间是吗？"梅瑞狄斯点头。"好的，交给我吧。你先去我办公室。我马上就来。我有刚到手的消息要告诉你。"

梅瑞狄斯还没来得及填满烟斗点上火，吉博就从大厅走了出来，疲惫地叹了口气，一头扎进他的办公椅里。

"唉！终于能坐下了。你走了以后，我就一直在外面跑。"

"嗯？"梅瑞狄斯有些按捺不住。

"嗯什么？"

"你刚到手的最新消息。"

"哦，那个啊！"吉博笑了，可气地卖着关子，"别误会。我们在别墅附近没有发现血迹，也没有找到失踪的尸体。但我们*得到了*一些非常有用的讯息。"

"老天啊！"梅瑞狄斯炸了，"能不能别绕圈子了？"

"好得很——我这就说。昨天晚上 11 点左右，有这么一位皮卡先生，他是海德维克家旁边一幢别墅的主人，注意到一辆车停在圣米歇尔大道和圣让内街交汇口的路边石旁。他刚在蒂尔大道拜访完朋友，正步行回家。

"然后呢？"

"那辆车是深红色的韦代特。"

"深红色的韦代特！"梅瑞狄斯激动地重复道。

"是的，这还不是全部，"吉博轻笑，带着一种无可厚非的沾沾自喜，"皮卡之所以会注意到它有两个原因。一是顶篷升起。二是车窗全闭。"

"可不是这样嘛！你是怎么得到这个消息的？"

"挨家挨户地问。还好我逮到了刚从办公室出来的皮卡。"

"你觉得他的证据可信吗？"

"我可以打包票。"

"他注意到车里有人没有？"

"是的，我问过他。他不敢拍胸脯保证，因为车窗上有街灯的反光，里面很难看清。总之，他只是在经过的时候随意瞥了一眼。"

"嗯？"

"他的印象是前排座位上有人。但是，就像我刚才说的，皮卡不敢保证无误。"

梅瑞狄斯站到窗边，转过身若有所思地凝视了一阵下面车水马龙的街道。然后他突然转过身来，困惑地说：

"我还是不明白。如果这就是申顿的车——从证据来看肯定是——那晚上11点停在圣米歇尔大道的拐角上究竟在干什么？"

"我有点没听懂。"

"天哪，老兄，这不明摆着吗？如果韦代特在那天那个时候停在了离帕洛玛别墅一百多米远的地方，那么我这个毫无破绽的假设，就是狄龙先杀了申顿，然后开车去往马丁角的说法就说不通了。该死的，姬蒂·林登和韦斯特马科特小姐都发誓说狄龙在10:40就回到家里了。根据我的案情重现，那辆车一定是10点左右就被遗弃在海岬的什么地方了。正如我之前说的，我就是想不明白。"

"如果皮卡*真的*在车里看到一个人影，你认为是申顿吗？"

梅瑞狄斯点头。

"还会是谁呢？这真是太讨厌了，吉博，那肯定是申顿的车。"

"不过，要是那家伙晚上11点还活着，那他是*什么时候*遇害的呢？"

"换个问题问我吧。坦率地说，我开始怀疑我们是不是犯了一个严重的错误。"

"什么？"

"因为申顿失踪了，所以我们就肯定他一定是遇害了。"

吉博惊愕地盯着他的同事。

"我的天啊！你真的以为他还活着？"

"考虑了皮卡的证词后……是的。提示申顿遇害的线索就是韦代特车体和脚踏板上的血迹。除了这些我们还有什么证据？一辆被弃的汽车和一顶明显是用来转移视线的——在马丁角岩石滩上被捡到的带红色绒球的黑色贝雷帽。"

"你听我说，"吉博脸上露出一丝不满，"我可能是有点笨，但如果申顿还活蹦乱跳，那是谁把他的车停在了海岬上？又是谁把那顶暴露身份的贝雷帽放在岩石上的？"

"我非常怀疑，"梅瑞狄斯谨慎地说，"是申顿本人做的。"

"申顿！"吉博惊呼，"但为什么？"

"因为他急于愚弄一下这个世界，让大家都以为他已经死了。我可能是错的，就像我昨晚对狄龙犯罪动机的重现是错的一样。这在很大程度上取决于未来几天姬蒂·林登的表现。"

"你到底是什么意思？"吉博有些着急，"林登小姐跟这案子有什么关系？"

"在我看来……这案子就跟她有关系。她爱上了申顿。根据海德维克太太的说法，那小伙子也或多或少地给予了

回应。这是三角关系中的两条边。第三条，当然就是狄龙
了。你看，经过今天下午的调查，我发现了狄龙和那个林
登姑娘是夫妻关系。"

"夫妻关系！"吉博喊道，"可，究竟是——"

梅瑞狄斯急忙描述了自己是如何无意中发现了这条意
想不到的消息的。他继续说道：

"假设申顿想和那个姑娘结婚——并且假设狄龙拒绝
和他的妻子离婚，那就是一个非常紧张的局面了，是吧？
想解开这个*僵局*，就只有一个合乎逻辑的办法，我亲爱的
朋友，现在你明白了吗？"

"*我的天哪*——没错！你是说狄龙并不是自杀。他是
被人谋害，从布罗山口的悬崖边推下去的。"

"没错。申顿指使那姑娘把狄龙诱骗到那个地方，自
己就在那里等着。因此他企图蒙混我们，让我们相信他自
己也是这场谋杀的受害者。毕竟，亲爱的吉博，死人是不
会杀人的。让外界相信你已经死了，你就有了最好的不在
场证明。明白了吗？当然，这种不在场证明也有一个无法
回避的缺点。那就是犯完罪以后你得一直*保持死亡的状
态*。换句话说，你必须离开犯下罪行的地方，隐姓埋名重
新开始。这就是我为什么说姬蒂·林登在接下来几天里的
行为是一个提示，能让我们知道自己有没有想对方向。如
果那个女孩突然收拾行囊，离开别墅，消失得无影无踪，

那么就好比一便士与英格兰银行，她一定是和那个死得蹊跷的托尼·申顿会合去了。"梅瑞狄斯停下，掏出一块手帕使劲擦了擦额头，"那么，你怎么说？有什么想反驳的吗？"

"问题一，"吉博笑，"那车上的血迹怎么解释？"

"就像岩石滩上的黑色贝雷帽，也许……是故意喷上去的。可能是动物的血。猫狗都有可能啊？"

"嗯，到底是不是，这决定权在我们手上。做个血迹分析测试对里昂实验室的工作人员来说易如反掌。你想着手查一下吗？"

"如果可能的话，立即安排。还有不同意见吗？"

"有——恐怕还是相当关键的一个问题。海德维克太太不是强调过吗：最近几天申顿和那个女孩似乎吵得不可开交？这证明他们吵得很厉害啊，不是吗？如果这两人都吵翻脸了，还会突然联手合作、犯罪杀人吗？这在我听来不是特别可行。"

这个完全合乎逻辑的观点让梅瑞狄斯有些泄气："呃，你说到点子上了，该死的！我居然把这项证据忘了。"接着他面色稍霁，补充说，"当然，他们也可能是在装腔作势。不管怎样，目前接受或反驳我对这桩精巧的推论都为时过早。我们得审问下那个姑娘本人，越快越好。若现在就给别墅打电话问她有没有恢复过来，是否可以录口供，你没问题吧？"

"当然，"吉博点头，"那尸体的身份鉴定呢？当然，你和斯特朗见过狄龙不止一次，但我们官方的观点认为还是应该找个警界以外的人来证实一下吧，你说是吗？"

梅瑞狄斯抗议："可是苍天啊！我们不需要把那可怜孩子带到太平间去认尸吧？反正面部鉴定已经不可能了。"他说，"你知道吗？毕竟，如果那姑娘亲眼见到他翻过了悬崖……你明白重点了吗？"

"当然，"吉博附和，"只要详细描述一下他当时的穿着、发色、眼睛的颜色以及任何具有辨识度的特征应该就够了。反正我们可以用他的护照检验她提供的信息。你最好看下能不能把他的证件弄到手。尸体上没有。"

"那就得跟他的近亲取得联系了，"梅瑞狄斯指出，"苏格兰场应该能帮得上忙。我见过那女孩后会和布朗皮尼翁说一声。你看，"梅瑞狄斯苦笑着补充，"既然'白皮'已经归案了，那么警务处处长很可能会决定让我回去。申顿、狄龙的这桩案子只是我原始任务的一个附笔。现在，我想我该给别墅打电话了。"

第十九章

谁的尸体？

I

梅瑞狄斯从迪莉斯·韦斯特马科特处得知，虽然早上的经历让姬蒂震惊不已，但现在也已经准备好录口供了，因此他命令斯特朗收拾好死者的遗物，匆匆赶往了帕洛玛别墅。那姑娘无精打采地躺在客厅的一张长椅上，黑色的大眼睛里透着梦魇未散的惊恐神色，她的面容在落地窗透进来的绚烂余晖下显得苍白而憔悴。正是这位年轻女士身上的绝望与脆弱，让梅瑞狄斯在穿过房间去向她打招呼时心中升起了感动与怜悯。

不过迪莉斯刚一走开，顺手把门关上后，他就拉过一把椅子，控制住自己的感情，准备开始审问。他一贯憎恶趁着证人余惊未散就对他们展开审问。但责任就是责任，如果必须完成，那就越快越好。正因如此，他尽量避免仓促行事惊吓到那个姑娘。在对她所经历的不幸表示了几句同情后，他温和地引导，让她将早上的悲剧过程告诉他。

她缓缓道来——车开进了山里；在布罗山口附近停下吃午餐；饭后，狄龙过马路，装作看风景；姬蒂在铺在车旁的毯子上抽烟；她突然注意到狄龙已经爬过了栅栏，正站在悬崖边缘；她惊叫；她试图在他掉下去之前抓住他；他一头跳下去之后痛苦地喊叫；恐惧和慌乱攫住了她，她跌跌撞撞地摸下山寻求帮助；她最终跌在了路边，恰好这时候巴克内尔开着车经过。

这一切不出他所料。她的故事细节与他已经获知的完全吻合。但她为什么对自己与死者之间昭然若揭的关系只字不提呢？梅瑞狄斯不动声色，若无其事地、在女孩几乎没有意识到的情况下，开始了他的盘问。

"你认识狄龙先生有一段时间了，林登小姐？"

姬蒂拿不准督察的这句话究竟是陈述还是提问，她神色惊惶地抬起了头来。犹豫了一瞬，她用平淡的声音说：

"也没多久——也就是他住进别墅以后才认识的。"

"狄龙先生今天早上究竟为什么要你陪他出门？"

"因为他以为我会喜欢坐车兜风。只是一个随意、友好的邀约。"

"他请你同行没什么特殊的原因吗？"

"原因？"姑娘的黑眼睛里再一次闪过恐惧，"您的意思是？"

"就是这个意思，小姑娘。我怀疑狄龙先生邀请你和他一起是因为他急于和你商量一些事情。一桩非常私密的事，只有你俩独处时才能说得了。"

姬蒂徒劳地试图将脸皮一厚到底，朝督察挤出一个虚伪的微笑。

"真的，督察，您是怎么产生这种匪夷所思的想法的。"

"通过观察，"梅瑞狄斯意味深长地朝她看了一眼说，"通过事实推断，林登小姐，通过问问题，通过用我专业的鼻子来嗅探你所谓的'别人的事'。这其实是你的事，小姐。比如，你和申顿先生的关系。"

姬蒂猛地抬头，突然来了精神：

"你知道托尼·申顿什么？他和这事儿有什么关系？我真的不明白你为什么要把托尼扯进来——"

"现在理智点，林登小姐。你之前和那家伙坠入了爱河。我说这个'之前'是有用意的，因为我碰巧知道你们最近刚吵过架。而这些，还不及我所知道的一半。"梅瑞狄斯在口袋里摸索着，掏出一块银色腕表，在他手掌摊开，"以前见过这个吗？"

那女孩发出一声尖叫，向后跌在了靠垫上。

"是的，这是比尔·狄龙先生的！你在哪儿发现的?
他戴在手上吗，在你……? "

梅瑞狄斯点头，平静地开口:

"是我从他手腕上解下来的，狄龙太太。"

"狄龙太太！"姬蒂喘起来，瞠目结舌，"那你……? "

"是的，我看了背面的刻字。"梅瑞狄斯笑带讥刺，
"现在，小姐，咱们就别再顾左右而言他了，直入主题吧。
为什么对我有所隐瞒? 你应该知道和警察说谎话是什么后
果，为什么不一开始就告诉我你和比尔·狄龙是夫妻? "

"是的，我想那是我犯糊涂了。我当林登小姐当惯
了……习惯于扮演……那个……"

"你没反应过来，是吗? "梅瑞狄斯循循善诱，"那
么，亲爱的，何不把我当作你的知心朋友呢? 事情说清楚
就好。"

"好吧。"姬蒂咕哝着说，"既然你已经知道了，那我
再藏着掖着也没什么意义了。"

又一次，她缓缓道来 —— 她不幸的婚姻; 她与托
尼·申顿的婚外情; 她接受了他的邀请，来芒通找他; 她
丈夫的突然出现; 他努力把她争取回来; 她糟糕地发现自
己怀孕了，而申顿是孩子的父亲; 狄龙愿意和她离婚，她
苦苦哀求申顿，既然她怀了他的孩子，那他应该娶她; 申
顿直率而愤怒地拒绝了; 她痛苦地意识到，尽管她疯狂地

爱着申顿，他却从未真正地爱过她。

"你丈夫对你与申顿的感情以及这个孩子的存在知情吗，狄龙太太？"姬蒂咬着嘴唇忍住眼泪，低下头来。"他痛苦地接受了，是吗？"

姬蒂哽咽着说：

"是的，当然。可他爱我爱得要命，甚至到了那个时候，他还准备跟我离婚，只要托尼肯娶我。"

"我明白了。你现在还坚称，你丈夫今天上午外出不是为了讨论这些问题吗？"

姬蒂承认："不——在这件事上我没说实话。托尼一定告诉过我丈夫他拒绝娶我了。总之，比尔对此非常不悦。他又问我是否愿意回到他身边。"姑娘痛苦不堪，眼里噙满了泪水，她哽咽着说，"可是我做不到，督察！我不能！我知道这是行不通的。你怪我对他说了实话吗？要是我因为这个孩子回到他身边，那就意味着要活在谎言中，因为我知道自己不爱他，我从来都没……也永远不会！唉，我待他太卑鄙了。如果不是因为我，这一切就不会发生了。你没发现吗，督察？他自我了断，那是因为……因为他知道，无论发生什么事，我永远、永远都不会回到他身边了！"

女孩伤心地抽泣着，软绵绵地靠回垫子上，扭曲的脸埋入掌心。梅瑞狄斯沉默了一阵，然后缓缓开口：

　　"还有一个小问题。今天一早你见到过托尼·申顿吗?"

　　"托尼!"女孩悲怆地喊了一声,"我怎么会见到他呢?我还以为他——"

　　"失踪了是吗?没错——很有可能。但你还没有回答我的问题,狄龙夫人。"

　　"昨晚吃过饭后我就一直没有见到托尼。我发誓没有,督察。我不知道他在哪里,也不知道他发生了什么事。这是实话。您一定,一定要相信我,督察!"

　　梅瑞狄斯意识到这个姑娘已经不堪再问,便明智地决定结束这次问话。然而,在离开之前,他匆匆摘记了涉及尸体鉴定的有关细节,并询问了狄龙的近亲。据这位姑娘说,她丈夫的双亲俱已去世,他唯一提到过的亲戚是住在马恩岛的叔叔。梅瑞狄斯谢过女孩的坦诚与合作,便去找海德维克太太。他急于拿到那个年轻人的护照,在客厅里碰见了迪莉斯,得知她的姑妈这天不堪打击,已经上床休息了。因此,是迪莉斯把他带进了狄龙的房间,并帮他在行李中寻找护照。但令梅瑞狄斯吃惊的是,护照似乎不见了。

　　"真奇怪,"他想,"这该死的东西一定就在什么地方。没有护照他没法活动。首先,在银行兑换旅行支票时他就必须出示护照。既然不在尸体上,那我猜⋯⋯"

II

　　为了从这天一连串事件中挤出不受打扰的几分钟，督察慢悠悠地走回了警察局。这个女孩的说法有多少是真实的，又有多少是精心设计的搪塞？梅瑞狄斯不怀疑她会生下这个孩子，也不怀疑她说申顿才是孩子的父亲。这不是一个年轻女人会想要编造的东西。不——关于她和两个男人之间的惊爆关系，毫无疑问她已经坦白到了轻率的程度。但她对导致狄龙自杀的一系列事件也做到了同样的坦诚吗？诚然，关于早晨的远足，她那支支吾吾叙说的细节和他已经掌握的情况一致。但问题仍然存在——当狄龙翻过悬崖的时候，申顿在现场吗，那个失踪的人真的要为这次致命的失足负责吗？

　　毕竟，申顿一定就在*什么地方*。梅瑞狄斯已经确定，昨晚11点，当皮卡先生看见韦代特停在帕洛玛别墅附近的时候，坐在车里的就是申顿。如此说来，到了晚上这个时候，那家伙显然还活着。而那时狄龙已经回别墅了；在那里，他与迪莉斯以及姬蒂简短地聊了一会儿，然后就上床睡觉去了。所以如果申顿是在晚上11点之后遇害的，那从表面上看，狄龙就不是凶手。那么是谁？拉图尔吗？从星期天晚上起他就从别墅里消失了，以后也没人再见过他。所以拉图尔可能是嫌疑人之一。至于动机，自然不得而知。

　　另一方面，在他们真正发现申顿尸体的下落之前，这家伙到底有没有遇害也根本不好说。这是他们展开任何可行推论的绊脚石。

　　"很好。"梅瑞狄斯心想，"现在我假设那家伙还活着，是他把狄龙推下悬崖摔死的。动机嘛，自然是免得狄龙碍事，这样他就能娶那个女孩了。可是，这个动机真的站得住脚吗？姬蒂说他*拒绝*娶她的解释不是更符合申顿的性格吗？这也确实解释了他们最近彼此冷淡的原因。而且她一再声称，狄龙知道这个即将出生的孩子，并且同意退出，跟她离婚，这样申顿就*可以*娶她了。根据我对狄龙的认知，这也确实符合他的'性情'。那又怎样？如果女孩的说法是真的，那么申顿就没有谋杀狄龙的动机了。但如果狄龙*知道*申顿拒绝和姬蒂结婚，那么，老天做证，狄龙就绝对有除掉申顿的动机了！"

　　梅瑞狄斯突然停住脚步，在人行道中间站定，无视过路人纷纷投来的好奇目光。一个令人难以置信的念头刚刚在他脑海里一闪而过；一个太过异想天开的念头，几乎都不值得再想一遍。然而，他不仅再想了一遍，还再三思量。从那一刻起，直到回到警察局发现吉博正在办公室里等着时，梅瑞狄斯一直都在分析和细化这个令人振奋的想法。

吉博大声说：

"嘿！回神，老伙计。怎么啦？见鬼了吗？有新发现？"

"新发现！"梅瑞狄斯激动地宣称，"这正是我刚想到的。吉博，你知道吗，我们可能一直受了误导，在白忙活？"

"什么？"

梅瑞狄斯大步走到办公室的后窗前，以戏剧性的姿态指向楼下的院子。

"躺在太平间里的尸体。"

"你指狄龙的尸体？"

"没错——但他是吗？"梅瑞狄斯朗声问道，突然转过身来看向困惑的同事，*"那真是狄龙的尸体吗？"*

吉博讥嘲地扬起眉毛：

"你是想象力太丰富还是中暑了？去你的！尸体是你自己从悬崖底下捡来的，不是吗？你这意思是说，我在把狄龙的尸体从车里搬到太平间的时候，使了某种戏法，用另一具尸体代替了狄龙的？"

梅瑞狄斯严肃地说：

"不，我是认真的，吉博。你有没有想过，从悬崖边掉下去的可能不是狄龙？"

"可他的衣服，"吉博争辩，"你从那个女孩那儿拿到了关于狄龙着装的完整描述，不是吗？"

"是这样没错。与尸体上发现的衣物完全吻合。卡其军装式衬衫，白色短裤，运动鞋等。但好兄弟，你要记住，衣服并不代表人本身。这身衣服可能来自狄龙的衣柜，但并不意味穿着它的人就是狄龙。想想那张可怜的脸吧。"

吉博一抖。

"几乎是面目全非——我承认。"

"不，不是'几乎'，"梅瑞狄斯纠正道，"是完全认不出来。别忘了，我见过狄龙，如果我必须根据面部特征来辨认遗体身份的话，坦白说，我做不到。狄龙太太或其他任何人也不行。"

吉博显然还是不信，他笑着说：

"你侦探小说看太多了——这是你的问题所在。"

"这是什么意思？"

"嗯，这是个老生常谈的骗术，不是吗？犯罪小说里只要一出现面目全非的尸体，你都可以把全副身家押上，赌那不是你以为的那人的尸体。别不好意思承认。我自己以前也被骗过。但我们这是在处理现实，而非小说。"

"当然。可我仍然认为我可能是对的。"

"可是，苍天哪，太平间里的如果不是狄龙，那究竟是谁呀？"吉博突然恼火地质问道。

"申顿。"梅瑞狄斯言简意赅。

"申顿！"吉博重复，"怎么可能呢？"

"很好办！"梅瑞狄斯打了一个响指，"申顿失踪了——疑似遇害。找不到尸体。目前也没有任何线索提示谋杀的作案地点。假设那个女孩没跟我说实话，她发誓从昨晚起就再没见过申顿。假设申顿真的在布罗山口出现过，在一场激烈的缠斗后，狄龙把他推到了悬崖边上。并不一定真的是想杀了那家伙。但结果——让他们惊慌失措。于是他们决定尽可能地把惨剧的所有痕迹都掩盖起来。在妻子的协助下，狄龙开车来到了尸体摔落的地点，发现申顿的容貌已经无从辨认后，他们突然找到了摆脱困境的完美方法。"梅瑞狄斯停了一下，擦了擦他淌汗的额头，接着说："别忘了我在别墅里也见过申顿的，当时我就觉得这两个家伙在体格和外形上都非常相似。都是金发碧眼，不是吗？狄龙可能也想到了这一点。所以在那姑娘的帮助下，他脱下尸体的衣服，把自己的衣服给申顿换上。然后摘下他那块容易暴露身份的手表，戴在申顿的手腕上，接着再把背包固定在他的肩膀上。然后他把车开回布罗山口，穿上申顿的衣服，徒步穿越群山，留下女孩来讲述他'自杀'的故事。简而言之，这位年轻女士的演技十分精湛且令人信服。"

"但她会吗？"吉博表示反对，"我还以为她恨她的丈夫。该死!她不是离开他投入了申顿的怀抱吗?"

"也许吧,但是当她发现自己怀了孕,申顿却不准备娶她的时候,心态有可能会突然转变。"

"嗯?这都是怎么回事?怀孕?"

"我忘记说了,"梅瑞狄斯说,"我是今天晚上从她本人那里得知的这个消息。"梅瑞狄斯提纲挈领地概括了姬蒂·狄龙证词的主要细节,接着说,"还有一处小细节似乎佐证了我的理论的可靠性。"

"哦?"

"狄龙的护照似乎不见了。要是想离开这个国家,他可少不了这个,对吧?这是他*不能*留在尸体上的物件。所以,你对我的这一假设怎么看?"

"将信将疑,"吉博简洁地答道,"这是有*可能*的,但我还是持怀疑态度。首先是时间问题。那些衣服一时半会儿是换不了的。你试试给尸体脱衣服就知道了。"

"可是,见鬼去吧!"梅瑞狄斯争辩道,"我们不知道狄龙和那个女孩是什么时候抵达布罗山口的。我们知道他们一吃过早饭就离开了别墅,如果他们直接就去了我们发现的停车的地方,那他们可有好几个小时呢。别忘了,巴克内尔送那姑娘回到别墅时,已经是下午的早些时候了。"

"可那个被遗弃的韦代特和黑色贝雷帽呢?你说那些线索是障眼法,暗示申顿是在马丁角失踪的。你当时的推论是他自导自演了一出失踪的戏，目的是谋杀狄龙。现在你又说是狄龙谋杀了*他*。你不能两者兼得。"

"那是自然。但申顿与那对夫妇约在布罗山口相见可能原本就是预谋行凶。在随后的打斗中，他得到了最坏的结果——仅此而已。"

吉博摇摇头，固执地说：

"我还是不喜欢这个说法。你说服不了我相信狄龙那么一会儿工夫就想出了这么复杂的不在场证明。无论如何，这一切都归结为遗体的身份鉴定。同样颜色的头发和眼睛，同样的体格，可具有辨识性的特征呢？也许狄龙切除了阑尾而申顿没有。或反之亦然。"

"好吧，只有一个证人可能会让我们了解到某种身体特征……我的意思是，这人对两个人都熟悉。但*她*应该不太愿意说。"

"姬蒂·狄龙？"

梅瑞狄斯点头。

"但今晚要是再去打扰那可怜的孩子，就不太好了。要不我这个最新的推论就留到明天再解决吧。也许明天早上看起来就不一样了。你知道的，事情经常就是这样。不论如何，我要马上给苏格兰场打个电话，让他们和霍兰德航空公司取得联系。他们也许能告诉我们一点狄龙的背景。他以前在那里的科研部门工作。"梅瑞狄斯伸手拿帽

子，"顺便问一句，你吃过晚饭了吗？"吉博摇摇头。"那
要不就去我们旅馆一起吃点吧？估计斯特朗也想知道我到
底去哪儿了。"

　　"谢谢。"吉博说，"我很乐意，但有一个条件。"

　　"什么？"

　　"我们可别因为光谈公事而毁了一顿不错的晚餐！"

第二十章

圣拉斐尔酒吧

I

在路易旅店吃过丰盛的晚餐后，梅瑞狄斯提议他们三个最好在散去之前再去他的房间里开个非正式的短会。吉博欣然同意，但就在他们穿过大厅往梅瑞狄斯的房间走时，前台的接待员拦住了他们去路。

"吉博先生？"

"是我。"督察点头。

"先生，有电话找您。"

"谢谢。"他转向梅瑞狄斯。"可能是那个文官。我告诉过他在哪里可以找到我。我一会儿就上去。"

一回到房间，梅瑞狄斯就问：

"对了，斯特朗，从尸体上收集的证物怎么样？"

"我照您说的，把东西都列了个单子，长官。口袋里几乎没东西——没有标记的白手帕、小刀、火柴和一包法国香烟。就这么多。"

"背包里呢？"

"都拿到我房间里了，长官。一夸脱大小的空保温瓶，两三个揉成一团的纸袋还有几片橙子皮。"

"嗯——是个有条理的家伙，你说呢？不会在野外丢垃圾。真有意思，就在他跳崖前几分钟，竟然还能想到这么细微实际的事。"他转过身，"啊，请进，亲爱的吉博！希望不是有人喊你走，这瓶干邑白兰地可是我特意为您准备的。"

"不，没什么要紧的事。正如我所料，是那个文官。我派了一位得力手下去芒通的酒吧和咖啡馆里做个例行检查。他刚刚提送了一篇非常劲爆的报告。"

"查什么？"

"申顿。"吉博言简意赅，"我突然想到，昨天晚饭后他离开别墅，可能是去了消遣的地方。"

"他去了吗？"

"圣拉斐尔酒吧。"

"那是什么地方？"

"帕图努路旁边的一家使用铬盘子的下等酒吧。据店主说，申顿常去那里。他大约9:10出现的，所以我猜他一定是从帕洛玛别墅出来后就直接开车去了那儿。"

"可这究竟——？"

"别急！"吉博微笑着阻止，"还没说到那里呢。大约9:40的时候，有人走进来与申顿坐在了一块儿。他们喝了几杯酒，10:30左右一起离开了那个地方。"

"可是，我的天哪！"梅瑞狄斯心急地说，"我还是不明白——"

"你不明白？"吉博得意地咧嘴一笑，"那么就让我来告诉你。和申顿一起去酒吧的那个人，*毫无疑问，就是狄龙！*"

"狄龙！"梅瑞狄斯和斯特朗齐口同声地惊呼。

"现在你明白了吗？申顿开着韦代特把狄龙送回别墅，然后出于某种不可告人的原因，把车停在了圣米歇尔大道的拐角处。当皮卡大约11点从车旁经过的时候，申顿就坐在车里。为什么？他是在等人吗？如果是，谁？狄龙吗？狄龙的妻子吗？韦斯特马科特小姐吗？假设两人是提前约好的，那狄龙是以何种名义约了申顿在圣拉斐尔酒吧见面的呢？"

"这个问题我应该能回答，"梅瑞狄斯立刻说，"狄龙约申顿见面是为了讨论他们与姬蒂的关系。他很可能是去那里问申顿是否准备在她离婚后娶她的。"

"我承认，他们之间肯定有事，"吉博插了一句，"店主提到他们展开了一场言辞激烈的讨论。他甚至一度以为他们会掐上对方的脖子。申顿明显情绪不佳。毫无疑问，当他离开酒吧的时候，已经有点喝醉了。"

"也许这就是他为什么没有直接回别墅的原因，长官。"斯特朗提出，"他停下车是想清醒一下。也许皮卡那家伙看见他的时候，他正在睡觉呢。"

"这倒是个想法，警长。但据我们所知，他昨晚压根就没回别墅。等我们再听到韦代特的消息时，就是它在马丁角上被发现了。"

"嘿！等等。"吉博笑了，"我的报告还没说完呢。就在文官正要给我打电话告诉我圣拉斐尔酒吧的事的时候，蒙蒂当地警察的电话就到了。"

"蒙蒂？那是什么鬼地方？"梅瑞狄斯问道。

"芒通和卡斯蒂隆之间的一个小山村。"

"然后呢？"

"今天凌晨快两点的时候，一辆车篷升起、车窗紧闭的深红色韦代特从蒙蒂经过，开往芒通。"

梅瑞狄斯吹了声口哨。

"然后你就针对这个时间点展开了普查，是吗？"

"没错——连同车牌号和车的外观描述。"

"但这说明什么呢？"梅瑞狄斯困惑地问道，"警察有没有注意到除了司机以外，车里还有旁人吗？"

"你问到点子上了，"吉博笑着说，"显然，它风驰电掣地开过了村庄，只有方向盘前坐着一个人，仅此而已。"

"没有外形描述吗？"

"没有。"

"我明白了，"梅瑞狄斯沉吟，"所以，在圣米歇尔大街的拐角处停了一段时间后，申顿一定是临时决定开车进山。为什么呢？"

"这个嘛，长官，"斯特朗试着插嘴，"或许也没有什么特别的理由……但如果他在去卡斯蒂隆的路上——"

"布罗山口！"梅瑞狄斯兴奋地打断了他的话，"没错，警长。但是申顿凌晨去那里做什么呢？我还是想不明白。真把我给难住了，我们掌握得越多，知道的就越少！申顿究竟是死是活？这是悬而未决的首要问题。如果死了，那我们在布罗山口脚下找到的是申顿的尸体吗？还是像我们想当然以为的那样，那其实就是狄龙？狄龙是在谋杀申顿后自杀的吗？抑或是申顿杀了狄龙？又或者是拉图尔谋杀了申顿？"梅瑞狄斯哭笑不得，"天啊！我可以整晚都这样问个不休。"他指了指桌子上的玻璃杯，"行了，咱们喝一杯，静下心来，进一步分析一下已知的事实。要形成一个坚实可靠、不会一吹就倒的理论可能还得要一阵呢！他举起酒杯，"来吧，敬我们自己，还有这个该死的棘手问题的解决办法！"

Ⅱ

　　第二天一早，梅瑞狄斯的早饭还没吃到一半，就被叫到经理的私人办公室接了两次电话。第一通电话是布朗皮尼翁从尼斯打来的。他已经和苏格兰场里的助理警察总监取得了联系，对方批准延长梅瑞狄斯在地中海沿岸的任务时间。梅瑞狄斯在申顿失踪案中有什么进展吗？如果有，他能不能那天上午晚些时候开车去尼斯，做一次最新的汇报？

　　第二个电话是吉博打来的。梅瑞狄斯能赶紧到警局来吗？有新消息传来，推翻了梅瑞狄斯最得意的理论。哪个理论？梅瑞狄斯忙问。但吉博得意地哈哈一笑，挂上电话，徒留他满腹疑窦。

　　督察匆匆回到餐室，灌下最后一杯咖啡，便催斯特朗赶紧去车库取车。10分钟后他们坐在吉博的办公室里，坐立不安地等着督察通报最新掌握的情报。

　　"抱歉一大早就把你拖到这儿来，但我们似乎找到了一个非常轰动的证据。大约一个小时前，蒙特卡洛的警察总部打电话来问我们对发生在布罗山口的一起自杀事件是否知情。我说我们已经掌握了情况，并且已经着手展开了全面的调查。我问他们是怎么知道这件事的。我的好朋友，这就是叫我开始留意的地方。"

"继续。"梅瑞狄斯心急地催他继续。

"他们说当时有一位目击了整起事件的证人！"

"什么！"梅瑞狄斯惊呼，"你是说——？"

吉博点点头。

"一个叫爱德华·阿梅尔的小伙子。他们正送他来这儿的路上。不过我想在他露面之前你应该会想知道他证词的主要细节。对了，这位年轻人是个热衷植物学的爱好者。我想这就是他昨天早晨会出现在布罗山口附近的原因吧。"

"但他为什么单单只报告了这一件事？"梅瑞狄斯困惑地问。

"我一会儿就会说到这个。最重要的是，狄龙翻过栅栏的时候，阿梅尔就坐在事发地点几百米外的高处。当时他正在用望远镜看风景，能看见下面那条路的外侧，至于路的内侧，当然是因为石壁挡住了视线，这条公路就是在这地方修出来的。"

"所以阿梅尔看不见那辆停着的车——这是你想表达的意思吗？"

"没错。"吉博点头，"所以当狄龙出现在马路的另一端时，阿梅尔还以为他是一个人。他压根就不知道在马路内侧还有个姑娘坐在汽车旁边。你能跟得上吗？"

"我已经想到你前面了！"

"那行！好吧，闲话少说，直入主题吧。阿梅尔一开始没怎么特别注意狄龙，直到看见狄龙爬上了篱笆。但即使到了那时候，他也没有察觉到不祥。但出于天生的好奇心，他举起望远镜对准了那个人。他看见那家伙转过身，回头看了一下，然后举起双臂，从悬崖上跳了下去。这就是重点。他转身了，阿梅尔就清楚地看到了那家伙的长相——*事实上还是通过双筒望远镜看到的近景*。现在你明白我为什么把这个意外的证据称为轰动了吧？"

"天哪，好得很！"梅瑞狄斯叫了一声好，站起来，"他可以确认当事人的身份。我们只要拿着狄龙和申顿的照片当面问他，就能毫无疑问地确定在我们太平间里躺着的是谁的尸体了！可他究竟为什么没有马上报告呢？这样我们就省得做那么多无谓的猜测了。"

"这不怪他，可怜的家伙。当目睹了所发生的事后，他下意识地就跳了起来，立刻开始往山下赶。可他刚走了几米就被石头绊倒扭伤了脚踝。那一定很疼，因为那个可怜的家伙当场就晕过去了。他脑袋的侧面有一个非常明显严重的伤口，所以可能也有轻微的脑震荡。当然，这也解释了为什么他没有碰到那个女孩。当他醒过来，一瘸一拐地走到车旁时，那女孩已经在被送往芒通的路上了。不巧的是，阿梅尔不会开车，所以他沿着莱斯卡雷讷路出发去寻求帮助。显然，在你沿着同样的路去找尸体之前，阿梅尔肯定已经走过了你拐弯上马道的地方。这也意味着他与上坡路上的那个美国人擦肩而过。长话短说就是，他终于找到了一间偏僻的小屋，很快又晕了过去。他在那儿待了一夜，今天早晨，那屋子的主人，一位农民，驾着骡车把他送到蒙特卡洛去了。差不多——"吉博停下，走到窗边，望向楼下的路面，"警车？这似乎是阿梅尔先生本人。你手头有能派上用场的照片吗？"

"有——在我钱包里。但是等等！我想确保阿梅尔的指认准确无误，你能不能从本地的罪犯图像库里再弄这么五六张照片来？"

"当然可以。"吉博一边说，一边向门口走去，"我先去主厅接他们，再把阿梅尔带过来。对了，他不会说英语，所以我猜你会同意让我解释一下目前的状况。"

吉博回来的时候，梅瑞狄斯已经把几张照片在督察的桌上一字排开。又过了一会儿，阿梅尔在从蒙特卡洛开车送他过来的警官的陪同下，一瘸一拐地慢慢走进办公室。这是一个瘦弱又显得书生气的小伙子，宽额头下长着一双明亮聪慧的眼睛。从他每走一步苍白的脸就皱一下来看，显然，他的脚踝仍是疼痛难忍。在两根拐杖和警官坚实右臂的协助下，他走到梅瑞狄斯为他准备好的椅子前，一屁股坐下，松了一口气。

梅瑞狄斯转向吉博。

"督察，请开始吧。"

吉博用几句简短的话语向这个年轻人解释了为什么要将他送到芒通来，并请他仔细查看桌上的照片，看能否认出在布罗山口见过的那个人。阿梅尔费劲地在椅子上转过身来，一张接一张地仔细研究起这些照片来。接着突然伸出胳膊，将一根手指点在右数第三张照片上。

"*就是这个，先生*。"

梅瑞狄斯伸头看一眼，与吉博交换了一个意味深长的眼色。

"所以我那个关于申顿尸体的理论就被推翻了？山脚下*确实*是狄龙的尸体，小姑娘没有撒谎。他能确定吗？"

吉博又陆续问了阿梅尔几个问题，对方都不假思索地对答如流。

"他没有改口，"吉博用英语说，"他坚称自己是对的。就我个人而言，我准备全盘接受他的证词。同意吗？"

梅瑞狄斯闷闷不乐地点头。他带着情有可原的懊恼问自己，接下来究竟该何去何从？这则最新的消息彻底推翻了现在仅存的一个合理推论。现在可以肯定的是，申顿与狄龙的死没有任何关系。但狄龙在谋杀申顿之后自杀的可能性仍然存在吗？如果有，那案发时间？那天凌晨两点，申顿开着车肯定是从布劳山口往芒通方向去的。或者更准确地说，是在去马丁角的*路上*，因为大约四个半小时后，也就是6:30，他那辆深红色的韦代特被人发现遗弃在了那里。所以如果是狄龙杀了申顿，那谋杀一定是在2:00 ~ 6:30发生的。狄龙能从别墅里偷跑出来完成任务吗？可他怎么知道在哪儿可以找到申顿呢？毕竟这家伙神龙见首不见尾，似乎在这一带神游了一整晚。即使狄龙找到申顿并下了毒手，那尸体在哪里？最重要的是，在圣米歇尔大道拐角处停车等待良久之后，是什么驱使着申顿踏上了这趟神秘的上山之旅？

梅瑞狄斯觉得这是自己长久以来艰辛的职业生涯中所面临的最艰难的挑战之一。信息驳杂。珍贵线索数不胜数。证据层出不穷。却没有一个理论可以充当展开进一步调查的基础！

第二十一章

背包之谜

I

阿梅尔一瘸一拐地坐进等在那里的汽车后，吉博说道："顺便说一句，血液检测我已经安排下去了，结果今天中午就会出来。"

"血液检测？"梅瑞狄斯不解地问。

"韦代特侧面的血渍。你说他们可能是要迷惑我们——也许是动物的血。"

"哦，我明白了，"梅瑞狄斯点头，"那个申顿急于让我们以为他已经死了，这样谋杀狄龙就可以有一个无懈可击的不在场证明的理论。可是，见鬼，我们现在知道狄龙不可能是他杀的。"

"所以，"吉博说，"很可能就是人的血。"

"没错。"

"那么车上的血迹究竟是怎么来的？"

"嗯？"

"你听到了？"吉博笑着说。

梅瑞狄斯用烟斗柄不雅地搔搔头。

"嗯…令人费解，对吧？它让我们回到了一开始的那个假设，也就是狄龙杀了申顿之后自杀。现在我们知道，他唯一可能的行凶时间是昨天早上2:00 ~ 6:30。"

"没错。而在这段时间里，他正在别墅的床上睡得香甜。至少根据手头的证据，我们可以得出这样的结论。"

"这样吧，"梅瑞狄斯很快接过话头，"假设我们不这样想。假设狄龙在凌晨蹑手蹑脚地溜出别墅，设法与申顿取得了联系——或可能是在申顿从山上开车回来以后——然后捅了他一刀。难道海德维克家就没人听到那个家伙溜出去过吗？"梅瑞狄斯转向斯特朗，"听着，警长，我得去尼斯与布朗皮尼翁碰一下头，你无须跟我一起。我希望你立即到帕洛玛别墅去，仔细询问一下这个问题。明白吗？"

"明白，长官。"

"回头我们在金鱼咖啡馆吃午饭，你可以在那儿向我汇报进展。金鱼咖啡馆……一点钟。"

"好的，长官。还有一件小事……狄龙的私人物品。背包，保温杯，还有——"

"哦，把它们交给韦斯特马科特小姐。她可以把这些物品和他的其他行李放到一起，直到我们找到他的近亲，把所有的东西都交接出去。"

"很好，长官。"

Ⅱ

不可思议的是，这个无心之举注定完全改变了他们的调查方向。事实上，正是那个在狄龙的背包里发现的一夸脱容量的红色保温瓶，最终将梅瑞狄斯引向了眼前难题的最终答案。关键就在于，当迪莉斯将保温瓶拿去厨房的时候，厨娘博内太太没有认出它来。她十分肯定，前一天早上，在这对小年轻踏上前往布罗山口的不幸之旅之前，她确实往一个一夸脱大小的保温瓶里倒满了咖啡——但那是蓝色的保温瓶，而非红色！事实上，这个家里压根就没有红色的保温瓶。

"她疯了吧！"当迪莉斯回到阳台上跟他会合时，弗雷迪直截了当地说，"这一定就是她装的那个瓶子。他们的午餐也是她准备的，不是吗？"

"没错，这就是在比尔·狄龙的背包里拿出来的。其实，是姬蒂把背包给了我，然后我就自己把它送到厨房去了。"

"是同一只背包吗？"弗雷迪问。

"没错——或者高度相似。"

"听着，"弗雷迪严肃地说，"你介意帮我问博内太太几个问题吗？我们必须把这件事弄个水落石出。此中必有蹊跷。"

弗雷迪在那位迷人翻译的协助下结束了简短的审讯之后，两处新发现让这个谜团愈发地扑朔迷离。博内太太当然声称认出了韦斯特马科特小姐交给她的那只帆布背包，可那些皱巴巴的纸袋和橙皮……她问，都是从哪儿来的？包三明治用的是防油纸，还带了一盒*奶油蛋糕和花色小蛋糕*，但肯定没有橙子。如果这就是在可怜的狄龙尸体上发现的背包，那蓝色的保温瓶怎么会变成红色的，防油纸又怎么变成了纸袋呢？

得知姬蒂整个上午都待在床上后，弗雷迪便叫迪莉斯上楼去看看她。他急于核实博内太太的证词。毕竟，在布罗山口开始野餐前，姬蒂一定提前打开过背包。

大约过了10分钟，迪莉斯回到客厅里找到他。

"她怎么说？"

"跟博内太太一样，"迪莉斯把背包扔到椅子上后答道，"*蓝色保温瓶，用防油纸包着的三明治，没有橙子。*

他们吃完午饭后，姬蒂还将保温瓶和所有的垃圾都放回背
包里，然后把背包递给了比尔。"

"接着他就把它绑在了肩膀上吗？"

"我问过她。根据姬蒂的回忆，他并没有，而是拿着
它朝汽车走去。"

"拿在手里？"

"是的。姬蒂在毯子上坐了一会儿，抽了一支烟。几
分钟后，比尔回到她身边，背上背着背包"。

弗雷迪不住地摇头。

"亲爱的，你知道，这案子我们调查得越多，就越不
可思议。如果可怜的狄龙准备从那块石头上翻过去，那为
什么还要费事把包背上呢？为什么不把那讨厌玩意儿直接
倒在车后座上呢？更疯狂的是，我真不明白这怎么可能是
*同一个*包。该死的！保温瓶是不会自己变色的。不——出
于某种原因，他走到车上后一定把原来的背包换成了我
们在尸体上发现的那个。姬蒂没有注意到包的不同吗？"
迪莉斯摇摇头。"那我们就只能假定这是两个一样的包
了，对吗？可是为什么呢？这才是关键。为什么有*两个*
背包？"

"别看我，"迪莉斯笑言，"我和你一样感到困惑。"

"那狄龙的车呢？还在附近的车库里吗？"迪莉斯点
了点头。"好极了！我们到附近喝一杯，然后再去看一眼

那车如何。"

弗雷迪花了整整四分半钟，才证明了他关于两个相同背包的理论是正确的。他在驾驶座可拆卸的皮垫子下面发现了被压得严严实实的另一个包。把垫子从金属框架中取出来后，座椅底部和车底板之间有一个足够大的空间来容纳它。背包里有一个*蓝色的一夸脱保温瓶*，几个揉成一团的防油纸，一个皱巴巴的小纸盒，上面印着芒通一家有名的*糕饼店*的名字，而且，*没有橙皮！*

III

当斯特朗露面前来吃午饭的时候，梅瑞狄斯已经坐定在*金鱼咖啡馆*那个洋溢着欢乐气氛的小院子里了。督察瘫在椅子上，双腿伸直，双手深深的插在口袋里，晒得黝黑的脸上一副心事重重的阴沉神情。一看到警长，他瞥了一眼表，然后开腔：

"迟到了10分钟！我猜你一定是不舍得离开那个小姑娘，乐得让我坐在这儿，直到——"

"对不起，长官。"斯特朗打断上司的话，畏畏缩缩地侧身坐进椅子，"但是我向您保证，我一分钟都没浪费。事实上，长官，我得到了一些相当令人费解的线索。"

"你是说昨天凌晨有人听见狄龙从别墅里溜出来了？"

"没有，长官。这方面我一无所获。如果他真的溜出来了，那就是没人听见他的动静。"

"那你叨叨的这个'令人费解的线索'是什么呢？"

"哦，先生，是这样……"

弗雷迪将他在上午的调查中搜集到的使他困惑的证据一一道来。他说得越多，梅瑞狄斯原本阴沉的表情就越被逐渐增长的兴味所取代。他的手从口袋里拿出来了，人也从椅子里直起身来。他急切地向前探过桌子，全神贯注地听着他的下属滔滔不绝的叙述。

"可是，苍天啊！"斯特朗终于汇报完毕，他迫不及待地叫道，"从头到尾都荒谬极了。在跳崖前的几分钟内，用一个背包代替另一个背包，有什么意义呢？"

"长官，我从别墅出来以后，一直在回想，这不会是个错误吧？"

"你的意思是？"

"这个嘛，狄龙当时可能情绪很激动。他走到车边后可能先把第一个背包扔下，过了一会儿，又背起第二个包，把它捆在了——"

"一派胡言！"梅瑞狄斯不容反驳地打断了他，"第一个背包并不是挂在车后座上，而是被小心地藏在了驾驶座下面。所以这个理论不值一提。"梅瑞狄斯伸手去拿菜单卡，"我们先点菜，再逐一分析证据。匆忙下结论可没好处。我们要的是一个合乎逻辑的答案来解开这个谜，而不是一个夸张做作的可能性。"

虽然在午餐时，他们确实在一定程度上讨论了眼下所面临的问题，但梅瑞狄斯在绝大多数时间里还是保持了沉默。他有种直觉，这个新证据的框架内，正暗藏着申顿失踪之谜的最终答案。有两个问题尤为令他印象深刻。为什么狄龙要大费周章地藏起第一个背包，然后换上第二个呢？而且为什么他要不怕麻烦地把包捆在背上呢？他的思绪屡屡绕回到这两个令人困惑的问题上。但直到他们吃完饭从桌边站起来时，梅瑞狄斯不得不承认，他仍然一头雾水。

IV

斯特朗要回旅馆撰写一份正式报告，将自己上午在别墅里展开问询的情况做个说明，于是梅瑞狄斯将他送回旅馆后开车沿着步行道悠闲地朝马丁角开去。他本打算在海岬上找个阴凉僻静的地方，安安静静地抽一管烟，不受打扰，集中精力地思考一阵。可事实上，督察压根就没能开到海岬。

在约瑟夫·霞飞步行街开到一半时，一个令人振奋的念头突然闪过他的脑海。其实这并不是一个全新的想法，更确切地说，是最初假设的一个变奏。事实上，这源于他先前认为山脚下的尸体很可能不是狄龙，而是申顿的设想。这个新观念太令人震惊了，梅瑞狄斯自觉地将车开到一条安静的小路上，刹车，坐定，开始分析这个理论的可能性。

尽管女孩否认，但假设当狄龙与妻子*踏上*这趟不幸的旅程时，申顿已经在山里了。假设，出于某种原因，狄龙独自走开散步时遇见了申顿，而那个姑娘却不知情——甚至也可能是约好了的。假设他们见面的地方不是在布罗山口的山上，而是在狄龙看似丧命的*悬崖脚下*！好吧，这就完全改变了破解谜团的导向。

或许申顿就是在尸体发现地几米外的地方遇害的——大概被某种钝器砸伤致死，这样他的容貌就无从辨认了。此后，狄龙一定又回到了他妻子身边，两人开车上了布罗山口，最终在那里吃了野餐。到目前为止一切都说得通。

接下来是狄龙的不在场证明。假设狄龙在之前的登山探险中曾对他跳崖的地方做过仔细的勘察。假设他注意到在真正的悬崖边几米的地方有一块突出的壁架，他可以安全地跳上去，然后慢慢走回相对平坦的地面。他完全可以寄希望于那个姑娘不会从悬崖边往下看。更重要的是，他可以靠她让全世界相信他是故意自杀的。

诚然，这次案情重现并不能解释马丁角那辆沾有血迹、被遗弃的韦代特，也没能解释狄龙对背包的怪异举动。但还是有一个说得通的解释。一旦狄龙从岩壁周边消失，他就成了一个逃犯。为了避免无谓的猜疑，他一定会明智地与所有商店和餐馆保持距离，自给自足，这不是很有可能的吗？简而言之，第二个背包里装的会不会是他在逃离法国时所需的足够的食物？嗯，这倒是一个想法，而且在这种情况下——

梅瑞狄斯暗骂一句，自己到底在想什么？第二个背包已经从尸体上取下来了。如果那是申顿的尸体，那么肯定还有第三个背包。可为什么呢？难道没有一个完全合乎逻辑的解释吗？姬蒂·狄龙是不会忘记丈夫从悬崖边一跃而下的时候背上正背着一个背包的。所以*由此可知*，山脚下的尸体上一定得有个背包。否则细节不符可能会引起怀疑。

梅瑞狄斯越想越觉得可行。当然，从狄龙的角度来看，这项计划对执行力有着严密的要求。例如，第二套衣服藏在车里，用来在行凶后给尸体穿上；三个差不多一样的背包；巧妙地说服申顿在某个时间某个地点与他见面……从而演化出一个严谨的时间表。为了能单独和申顿碰面，他还得找借口摆脱那个姑娘。乍看之下，带着那个姑娘一起似乎很荒唐，然而，她却是构成他不在场证明的一个重要元素，所以她必须在现场目击那起伪装的自杀事件。

　　就是这样了。但如何检验他的理论呢？

　　梅瑞狄斯心想，一开始很简单。他最新的犯罪重建以它为基础——*悬崖下面突出的壁架*。如果壁架不存在，那他其余的推演就一文不值。很好，那他就开车去布罗山口，把这个问题一次性解决掉。

　　不到一个钟头，问题*就*解决了！将车停在悬崖边低矮的木栅栏旁，梅瑞狄斯爬上栅栏，小心翼翼地跨到悬崖边，向下凝视。一丝不苟，有条不紊，他的眼神——掠过光滑闪亮的岩石。接着他狠狠地咒骂了一声，转过身来，沮丧地回到车上。

　　百米高的峭壁从山谷中笔直完整地耸立而起。*没有壁架！*可以说，这个最新的推论，转瞬之间，就宣告破产。

第二十二章

行凶动机

I

回到路易旅店后，梅瑞狄斯从斯特朗处得知自己的顶头上司、总督察考克斯从苏格兰场来过电话，请他一回来就立刻回电话。

"知道是什么事吗，警长？"

"知道，长官。就是您想要的关于狄龙的信息。总督察显然已经和霍兰德航空公司的人联系上了。"

"好得很。"梅瑞狄斯点头，"我马上和他联系。"

这通打到白厅1212的长途电话很快就接通了，不到10分钟，总督察那熟悉的粗哑嗓音就顺着电话线向他呼啸而来。根据梅瑞狄斯的要求，他联系了霍兰德航空公司科研部的负责人，得到了不少关于狄龙的信息。要是督察的笔记本已经准备好了的话，他就以听写的速度将报告的细节读一遍。梅瑞狄斯花了5分钟用自己的独门速记法草草记下了考克斯陈述的要点。又闲聊了几句之后，梅瑞狄斯挂断电话，回到了他的房间。

仍对自己在布罗山口考察的结果深感沮丧，梅瑞狄斯在房中坐定，研究起总督察的报告来。除了对狄龙性格和能力的简要评估外，报告主要讲的是他最近在公司实验室所从事的工作，包括他这个特定研究领域——气体动力学的技术和科研两个方面。尽管狄龙虽然还比较年轻，但他的研究方法表现出了相当可观的独创性。他被列为他们最可靠、最有前途的年轻科学家之一。仅此而已。

关于他的私生活，他的雇主只能粗略地说出个大概——通常是员工在入职时填写的正式表格中所包含的那种细节——教育经历、服役情况、家庭背景等。然而，他在近亲一栏填的是查尔斯·K.狄龙，地址位于马恩岛道格拉斯西兰路的穆里昂宅。

梅瑞狄斯仔细阅读了这份略显乏善可陈的报告后，再次将注意力转向与此案有关的其他资料。他在桌边坐了一个多小时，努力从大量无关的证据中厘出真正重要的线索。接着他突然下定决心，拿起帽子，穿过小镇，朝警局走去。

他在那儿与吉博交谈后得知，里昂方面已经将化验结果反馈过来了，韦代特上的，毫无疑问是人血。他从吉博的办公室走到太平间，花了很长时间再次进行了细致的尸检。他有种预感，真正的问题就潜藏在尸体上。尽管各种证据自相矛盾，但他仍被一种不断侵蚀着他内心深处的质疑所困扰。这具尸体是狄龙还是申顿？从表面上来看，这问题只有一个合乎逻辑的答案。狄龙被一位不存在利害关系的目击证人（也就是阿梅尔）看见从近百米高的悬崖上跳了下去，所以*事实上*，山脚下的尸体一定是狄龙的。但是为了论证，假设他说服自己那是申顿的尸体，那么谁去辨认他的遗体最适合？首先是狄龙的妻子，其次，大概就是海德维克太太。真的没必要把这两位不幸的人带到太平间来一趟，彻底解开这个疑团吗？

梅瑞狄斯刚下定决心，就注意到尸体左前臂的内侧有一条淡淡的曲折的疤痕。它大约5厘米长——一条薄薄的白色瘢痕，之所以可见，是因为它周边的皮肤都被太阳晒黑了一圈。这个疤显然已经有些年头了，可姬蒂·狄龙和海德维克太太会注意到这个疤吗？要是注意到了呢……梅瑞狄斯的沮丧有所缓解。好吧，不管怎么说，这是一条值得继续调查的线索。如果这两个女人中有一个能想起那个伤疤，那么毫无疑问，他就能确认尸体的身份了。

II

回忆起这难忘一日之后所发生的事时，梅瑞狄斯总是惊叹于一项看似已经山穷水尽的调查竟能在如此短暂的时间里柳暗花明，面临的许多难题都迎刃而解。

最初的动力来自海德维克太太——那位心烦意乱、异常激动的海德维克太太忧惧不已，梅瑞狄斯不得不在她的床边展开问话。她软绵绵地靠在枕头上，以往的活力与自信荡然无存，很难相信这与前几日带着不容置疑的威严走进中式房的女士是同一个人。梅瑞狄斯发现她已经准备就绪，甚至迫切地想要展开谈话——明显，她希望尽己所能，来结束这阵让她失去理智的提心吊胆。显而易见，狄龙自杀固然令人遗憾，但并没有对她造成太大的影响，反而是托尼·申顿那不祥又无端的下落不明让她崩溃。她准备据实以告，好好地谈一谈托尼，最重要的是，她将以惊人的坦率揭露一些不为人知的真相。

梅瑞狄斯后来离开别墅，当他在小镇穿行时还仿佛有些恍惚。尽管海德维克太太那出人意料的证据终于解决了一个重要问题，但它唤醒了几十个同样重要、却叫他一筹莫展的问题。现在，梅瑞狄斯就像一只母鸡在一片了无新意的地上反复刨土一样，无数次受挫后又开始分析手上已经掌握了的证据。

　　督察并没有理会此时早已过了自己平时的用餐时间，他点着烟斗，迈着轻松的大步，沿着海滨走了很长一段路。就在这时，某种启示性的火花造访了他，它并非来自灵感，而是来自对事实的清晰认知与合乎逻辑的理解。而且，就像经常发生的那样，在他捕捉到这一微不足道的细微证据的全部意义时，围绕这个案子的其他所有疑团顿时变得澄明起来。现在，周四晚上发生的一系列事件已经很清楚了。他内心一阵狂喜，意识到除了最后几则决定性的审问之外，申顿的失踪案实际上已经解决了！明天中午之前，他应该就可以向他的好朋友布朗皮尼翁提交一份完整的最终报告了。

　　不过，他眼前最关心的还是同吉博取得联系，看看追捕凶手的官方机构是否可以立即开始行动。但愿凶手仍"在法国某地"逍遥法外。既然关于通缉犯的详细描述可以通报给全国每一位警察和宪兵，那么，在接下来的24小时内，就有望将他抓捕归案了。

Ⅲ

　　第二天12点整，布朗皮尼翁、吉博、斯特朗和梅瑞狄斯在当地警局的办公室里召开了最后一次会议。尽管梅瑞狄斯必须向吉博透露凶手的身份了，但考虑到调查的最后阶段，他还是故意将布朗皮尼翁蒙在了鼓里。事实上，布朗皮尼翁整晚都在弗雷瑞斯处理一起盗窃案，于是他直接从弗雷瑞斯开车来了芒通。因此，他并不知道警方已经发出了全面通告，要求对这名通缉犯展开逮捕工作。事实上，他甚至不知道梅瑞狄斯召集这次紧急会面的真正用意。就连吉博也不知晓让梅瑞狄斯最终解开谜底的细节。

当这几个人在吉博那张威风的桌子前舒服地坐定后，布朗皮尼翁问道："*好吧，你们喊我来这儿干什么？朋友，是你说我们有必要立刻坐下来谈一谈。是不是你的调查有进展了？*"

梅瑞狄斯和吉博交换了一下眼色，揶揄地笑着说：

"嗯，这完全取决于你对进展的定义了，好兄弟。我已经解开申顿的失踪之谜了，如果你是这个意思的话。"

"*你说什么？*"布朗皮尼翁大喊一声，腾地站了起来，目瞪口呆地盯住梅瑞狄斯，"你知道申顿的下落了吗？他在哪儿？"

"我的确知道。"梅瑞狄斯点点头。

"那么，*我的天啊*！"布朗皮尼翁急得都快哭了，他恳求道，"那你为什么不告诉我？他在哪儿——这位申顿先生在哪儿？我们在哪里可以找到他？"

梅瑞狄斯笑了。

"他就在不远的地方。"

"不远的地方？"布朗皮尼翁屏息，"那是哪儿？在哪里？"

梅瑞狄斯故意用轻描淡写反衬自己这一耸人听闻的结论：

"就在这窗外一步之遥的地方，僵硬冰冷地躺在太平间的石板上！"

"申顿！"布朗皮尼翁将信将疑，"这么说，你在山脚下发现的尸体不是狄龙了？这怎么可能呢，*老兄*？你是如何鉴别他们的身份的？"

"他左前臂的内侧有一个不怎么显眼的伤疤。"梅瑞狄斯解释说，"是海德维克太太最后解决了这个问题，她立刻就想起了那道伤疤，还记得申顿被碎玻璃割伤手臂的场景。"

"你的意思是，这是最近发生的事？"吉博问。

"最近？"梅瑞狄斯笑道，"根据海德维克太太的推算，这件事想必发生在申顿7岁的时候。他把胳膊伸进了黄瓜架。"

"可……她是怎么知道这事的呢？"布朗皮尼翁又坐回椅子上，"我不认为海德维克太太——"

"我和你一样，"梅瑞狄斯一针见血，"之前总以为他们最多才认识三四年。嗯，这只是我一直以来的错觉之一。海德维克太太知道事故的全部经过，原因很简单，她当时在场。"

"怎么可能？为什么？"吉博问。

"托尼·申顿碰巧是她的儿子。"

"她的儿子！"布朗皮尼翁倒吸一口凉气。

"她第一次婚姻的孩子。现在就很清楚了，不是吗？她为何会对他的突然消失如此担心。母亲忧心独生子的安全，这再自然不过了，不是吗？她嫁给海德维克时，托尼大约18岁，由于他和继父一见面就互相看对方不顺眼，所以托尼就总是避而不见。长话短说，申顿惹上了官司。你可能还记得，我当时就觉得他很面熟，于是联系了苏格兰场的人，看他们是否留有他的过往记录。你应该还记得他们的回复。1939年，他因盗窃被判刑6个月，当时以安东尼·申顿的名义受到起诉，尽管警方怀疑这是假名。"

"那到底是不是呢？"吉博问道。

"是的——我想这是这孩子做过的一件体面事，他母亲在第一段婚姻中的名字叫芬曼·史密斯。他在被捕后给自己取了一个名字——申顿——从那以后就一直叫这名字。"

"可长官，您听我说，"弗雷迪插嘴道，"韦斯特马科特小姐不知道申顿是她姑妈第一次结婚时的儿子吗？"

"一点都不知道。海德维克太太使她相信那个男孩在战时死了。他和这姑娘从来没见过面，所以当他以托尼·申顿的身份出现在别墅时……你能跟得上吗？"

布朗皮尼翁突然开腔：

"是的，是的……这些都很有意思，*朋友*。但这些真的无关紧要。我想知道的是——"

"谁杀了申顿？这很明显了啊，不是吗？"

"你是说狄龙？"

"当然了，"梅瑞狄斯点头，"还能有谁？"

"动机呢？"吉博说。

"你可能注意到了，有个非常强烈的动机，那就是狄龙疯狂地爱着他的妻子。申顿不仅插足，把女孩带进了他母亲的别墅，还惹出了一个麻烦的孩子。当然，我是说，这个孩子就要出生了。狄龙意识到姬蒂爱上了申顿，申顿才是孩子的父亲。据我推测，尽管狄龙非常讨厌申顿，但即便那样，他也不会真正施以暴力。他全心全意地为妻子考虑。只要申顿准备娶姬蒂，狄龙就会同意离婚。关键是申顿*拒绝*和那个女孩结婚。所以可以说，计划落空。从那一刻起，狄龙就心怀恶意地在别墅里住下来，预谋着策划一场算得上是完美的谋杀。你要是问我，他确实成功地做到了这一点。"

"可到底是哪一点，让你从一开始就怀疑狄龙正是我们要找的那个人呢？"布朗皮尼翁迫不及待地问，"你是怎么想到他的*作案手法*的？*朋友*，是什么使你首先想到布罗山口下的那具尸体可能不是狄龙呢？”

“哎！哎！一个一个来啊，亲爱的伙计。我先回答你最后一个问题吧。我这么说吧，如果狄龙又矮又黑，即使五官已经完全不可辨认，那么尸体的身份认定也不会有任何问题。关键就在于狄龙和申顿在体格外表方面非常相似，他俩都是身材魁梧、金发碧眼的大块头。既然无法面部识别，那自然就值得怀疑了。别忘了，在阿梅尔上报之前，只有一个目击证人亲眼看到狄龙从悬崖上跳了下去——也就是他的妻子。我立刻想到这对夫妇*可能*在申顿的谋杀案中联手了——当然，那姑娘是在申顿拒绝娶她之后突然改变的主意。这或多或少地解释了我最初为什么怀疑山脚下的尸体可能是申顿。”梅瑞狄斯停下，猛吸了几口快要熄灭的烟斗，接着说，“现在回到你的第一个问题。我为什么把狄龙列为头号嫌疑犯？答案——1.因为他有充分的谋杀动机；2.因为他是最后一个见到申顿活着的人。”

“可你是怎么知道的呢？”

梅瑞狄斯指出：“他俩周四晚上在圣拉斐尔酒吧的那次出人意料的秘密约见，你看，自从申顿离开那个地方后，就再没人见过他，直到我们在布罗山口下面发现了他的尸体。当然，当时我们并没有意识到那是他的尸体。”

“可等一下！”吉博高声说，“那皮卡先生呢？那天晚些时候，他在圣米歇尔大道的拐角处看见他坐在停着的韦代特里。"

"但他真的看到了吗？"梅瑞狄斯直截了当地反问，"诚然，他声称车里坐着一个人，但他并没有指认那个'人'就是申顿。事实上，亲爱的伙计，皮卡甚至不能确定那辆车里是否真的有人。"

"*嗯，好吧。*"布朗皮尼翁插嘴，"那这个小问题你有答案了吗？"

"我*现在*有了，"梅瑞狄斯立刻接过话头，"事实上，皮卡没有错，车里*有*人，坐在里面的人就*是*申顿。"

吉博说："当然就是申顿，他星期五大约凌晨两点的时候开车经过蒙蒂。"

梅瑞狄斯挤了挤眼睛，故意吊人胃口地含糊其词：

"是吗？我觉得……"

"哦，看在上帝的分上，老兄！"吉博大叫，"你可能——"

"别，别急，"布朗皮尼翁打断他，"让他用自己的方式来讲，让他拿我们寻开心吧，*亲爱的吉博*。不用怀疑，到了适当的时候，他就会满足我们的好奇心了。让他享受片刻成功吧，即使我在心里也恨不得掐死他！"

梅瑞狄斯亲切地一笑。

"行了，行了，不闹了，直奔主题吧。先生们，*作案手法*是吗？这就是让你们不明白的地方。我也一直百思不得其解，直到无意中发现了一条可以瞬间解开整个谜团的线索。不过作为一个有着不同寻常的幽默感的顽固家伙，我打算把这一点留到最后。我将从周四晚上9:40，也就是比尔·狄龙走进圣拉斐尔酒吧之时开始我的案情重现……"

第二十三章

结　案

I

　　"他为什么要去那儿？是偶然还是约见？很明显，他不是无缘无故出现在那儿的。我敢肯定，他是为了那个姑娘找申顿摊牌去的。申顿要么答应做正确的事，娶姬蒂，不然就……，你明白了吗？"梅瑞狄斯转向布朗皮尼翁，"昨天晚上我到圣拉斐尔酒吧去和店主谈了谈。吉博好心地充当了翻译。结果我们发现了一条非常重要的线索。伊韦尔——就是店主，他注意到，当申顿10:30和狄龙一起离开酒吧的时候，几乎连步子都迈不动了。事实上，是狄龙半拖半拽地把这可怜的家伙送到了车上。不可否认，申顿喝了好几杯白兰地，但正如伊韦尔指出的那样，他经常看着申顿就是再喝上两倍的酒也不会醉。所以伊韦尔觉得，他看上去不是喝醉了酒，而是被下了药！”

“下药！”布朗皮尼翁惊呼，突然用手指戳戳梅瑞狄斯，“你说下药？那不可能吧，*朋友……*？”

梅瑞狄斯笑了。

“不出我所料，你的反应跟我们一模一样。申顿*的确*被下药了。显然是狄龙在他的白兰地里偷偷放了一剂强效吗啡。”

“吗啡？”要求布朗皮尼翁，“可你怎么知道的呢？是伊韦尔先生看到的吗——”

梅瑞狄斯摇了摇头。

“不，没那么简单。伊韦尔没有发现狄龙的行为有任何可疑之处。但就在吉博和我怀疑申顿被下药的那一刻，我们立刻对太平间里的尸体安排了尸检。医生整晚都在工作，我们大约一小时前收到了报告。尸检结果证明了我们的预感是正确的，而且使用的麻药正是吗啡。”

“好吧！”布朗皮尼翁做了一个不耐烦的手势，“请继续。”

“狄龙一把那家伙带上车——记住，那是申顿的车——就把车开到了圣米歇尔大道的拐角处。到了此时，我想申顿已经完全失去了意识。狄龙随后步行回到别墅，与韦斯特马科特小姐和他的妻子在客厅里闲坐了一会儿。”

吉博好心地补充："时间是10:40。"

"没错。"梅瑞狄斯点头，"从圣拉斐尔酒吧到别墅大概需要10分钟。在吉博看来，这正是我们希望看到的。我们从姑娘们的证词中得知，狄龙聊了一会儿，喝了点酒之后就上床睡觉去了。不久，她们也都歇下了。那时刚过11点。到此为止，这差不多就是我们所掌握的关于狄龙在周四晚上周五凌晨的行踪的所有*确切*信息了。接下来的，我承认，都是以一系列合理假设为基础的推理。但至少，这都是我对狄龙回房休息后所发生的事情的重构。"梅瑞狄斯停下重新点燃烟斗，清了清嗓子，然后精力充沛地继续说，"一直等到别墅里一切都安静下来后，狄龙悄悄溜下楼，走出院子，回到停着的韦代特旁，然后从圣米歇尔大道直接开了到布罗山脚下。"

"就是你发现尸体的地方吗？"布朗皮尼翁问。

"正是。那条马道与大路相接的地方，往南就是莱斯卡雷讷。警长和我注意到，至少就我们所走的路线而言，这条路相当宽，足以容纳汽车通行。我认为狄龙是一路*倒车*进去，直接开到了岩壁下方。"

"而申顿还被迷晕着，是吗？"吉博问道。这一独特的部分他还是第一次听梅瑞狄斯重建。

梅瑞狄斯点点头。

"嗯，接下来的事情想必就很残忍可怖了。我猜狄龙先把申顿从车里拖出来，脱下他的衣服，重新给他穿上衬衫和短裤等，这些都是他特意带在身边的。这套衣服，注意，跟他第二天早上穿的一模一样。他也没有忘记在这个可怜的家伙的背上系上一个背包——当然，包里装着那只红色保温瓶。做完了这些后，*他故意打死了这家伙，用某种恐怖的手段让申顿的面目模糊到无法辨认。*"

"我的天啊！"布朗皮尼翁打了个寒噤，喃喃地叹道。

"这故事有点吓人，是吗？但我很确定事发过程就是这样。刚才我还说狄龙一定是顺着马道*倒车*进去的。这并不只是猜测。我想到了韦代特的车体和踏板上的血迹，记住，那是在方向盘的对面，也就是车的右侧，因为韦代特的驾驶座肯定在左侧。现在这些血迹是怎么来的就水落石出了。当狄龙使用钝器时，尸体肯定就躺在车子右边的地上。"梅瑞狄斯如是说道，又停下擦了擦额头，"我重建的第一部分基本就说完了。有问题吗，先生们？"

"就一个。"吉博立马插嘴。

"什么？"

"在报告的下半部分开始之前，你想喝杯开胃酒，歇口气吗？"

梅瑞狄斯转过身来朝斯特朗咧嘴一笑。

"用警长最常说的一句口头禅来回答吧——好得很，老兄！"

II

"现在，先生们，"梅瑞狄斯开始继续说，10分钟的休息让他精神了不少。"我们终于要说到构成狄龙不在场证明的妙计了，但在说这个之前，我们最好先把狄龙在那个重要夜晚的其余行踪理清楚。"他转向吉博，"刚才你问我，被目击到开着韦代特经过蒙蒂的那个人是不是申顿。当然不是。那是狄龙。他显然是刚从布罗山口上下来，正拼命朝马丁角的方向赶。时间大约是星期五凌晨两点左右。我们已经知道，他在马丁角那儿弃了车，把死者的黑色贝雷帽扔在岩石上掩人耳目，接着步行回别墅。粗略估计，他大约凌晨四点到的家。"

布朗皮尼翁插嘴："一个细节，*朋友*。他从申顿尸体上脱下的衣服怎么处理的？你觉得他藏在山中某处了吗？"

梅瑞狄斯意味深长地与吉博交换了一个眼神。

"事实上，我们已经想到了。吉博已经派了几个人在发现尸体的周边地点进行彻底的搜查。他们现在正在工作。"

"*好极了！*"布朗皮尼翁点头表示赞同，大声说道，"你们的感觉很敏锐，请继续。"

"好了，我们现在就说到星期五早上狄龙和妻子的

山间远足了。正如那位年轻女士告诉我们的那样，他说
服她和他一起去，以便最后讨论一下他们自身所处的不
幸处境。妻子同意前往对他的计划来说至关重要。至于
原因，自然再清楚不过了。他想让她亲眼看见他的跳崖
'自杀'。"

"为什么呢？"布朗皮尼翁面露不解，"既然你只找到
了申顿的尸体，那么很明显他就并*没有*跳崖。"

"可他的确跳了！"梅瑞狄斯不容置疑地反驳，"姬蒂
那姑娘陈述的每一个细节都是真实的。他确实穿过马路，
翻过栅栏，纵身一跃跳了下去。别忘了我们有确凿的证据
能证明这一点。"

"那位阿梅尔，是吗？"吉博说，"他认出了跳崖者
的脸？"

"没错。你看，这就是我当时想不通的地方，躺在太
平间里的，毋庸置疑，是申顿的尸体。而我们又有两位独
立的证人*目击*到狄龙从跳了崖，所以下面的山谷里自然应
该有两具尸体。可是并没有！"

"但是*我的天啊*！"布朗皮尼翁语无伦次，"那你怎么
解释？现……现在你怎么说？——或许是，沿着山崖的*滨
海崖路*走掉的？"

"壁架，"梅瑞狄斯笑了，"没有——我也想到过这点。
我开车过去仔细查看过岩石纵面，光滑得就跟婴儿的*屁股*

一样，亲爱的朋友。"

布朗皮尼翁失望地摊手。

"*真可恶！*那答案到底是什么呢？

"还记得我告诉你的那三个背包的秘密吗？一个在申顿的尸体上，里面装着红色的保温瓶。一个装着别墅里厨娘准备的野餐，包括那只蓝色的保温瓶，后来被警长发现塞在狄龙汽车的驾驶座下方。第三个，狄龙跳崖时背在背上。"梅瑞狄斯停了下来，环顾四周，期待地看着同事们茫然困惑的脸，"天哪，你们到现在还没明白吗？*第三个背包里装着一顶降落伞！*"

"一顶降落伞！"三个人异口同声地惊呼道。

梅瑞狄斯点头。

"一种特别设计的低空降落伞。你们看，狄龙一直在利用业余时间研究升级这种降落伞。苏格兰场里的人将他们从霍兰德航空公司——也就是狄龙之前的雇主——那里得到的消息告诉了我。空气动力学——那是他的长项，关于这门学科，那家伙可以说是无所不知无所不晓。至少他部门的领导是这么认为的。狄龙跟他谈起过自己利用业余时间实验低空降落伞的事。很明显，他探索出了一个全新的领域并希望申请专利。正是这一点，启发了我关于他伪造不在场证明的*手段*——再加上他在战争期间曾在空军服役的事实。毫无疑问，他最近在山间的远足一定与这些实验有关。天晓得！狄龙的胆子真大。”

"你的意思是，自从他来到芒通后就一直在试跳？"
吉博问道。

"没错，他拿自己当小白鼠了。而且如果你问我的话，
我认为他最终选择的测试地点就是布罗山口的岩壁，所以
他熟悉这里的地形。我敢说，他就是这样偶然想到那个绝
妙的不在场证明的。简单吧？可是精妙极了。"梅瑞狄斯
耸耸肩，"好吧，先生们，我的案情重建差不多就是这样
了。某些细节或许会搞错，但我敢肯定——"

有人敲门。

"请进！" 吉博大声回答。

一名警察进来，走到督察的办公桌前，将一捆满是灰
尘的衣服扔在上面。

"找到了，先生！"

梅瑞狄斯深吸一口气："哦，我的天哪！来得正好，
不是吗？"他转向吉博，"问问他是在哪儿找到这些的。"

简短的法语问答过后，吉博向警察表示了祝贺并让他
退下，然后转向梅瑞狄斯。

"大约就在马道和山口的半道上，被藏在路边浓密的
灌木丛下。他说口袋里有一些小东西，包括钱包。"其他
人都围着桌子边，吉博默默地检查起衣服来——奶油色的
丝绸衬衫，美式短夹克，浅褐色的精纺长裤，菱形丝短

袜，白棕相间的鞋子。他又从裤子后面的口袋里掏出了钱包，里面厚厚一叠钞票，几张名片和一张国际驾照。"好吧。"他举起驾照，指着贴在上面的死者相片，宣布道，"死者的身份问题这就算是解决了。这些是申顿的衣物无疑。"

"等一下！"梅瑞狄斯突然开口，伸手抓起那叠钞票，"我们来看一眼这个——"他鹰一般的脸上露出微笑，这个笑容逐渐扩大，最终发展成持续且豪放的大笑，他急促地说，"在所有的……你知道吗？圣拉斐尔酒吧的伊韦尔先生可倒了大霉了。"

"你什么意思，*朋友*？"布朗皮尼翁问。

梅瑞狄斯举起钞票，用食指一掸。

"这些钞票，先生们。都是大师的原作，正品保证！科贝特晚期作品的绝佳范例！先生们，有人要出价吗？"

第二十四章

再　见

　　弗雷迪忧郁地叹了口气，说："唉，我想就是这样了！不自量力是没用的。这期间我过得很开心。明天天一亮我们就启程回去了。"

　　他和迪莉斯惬意地依偎在一起，靠在摩纳哥岩边，迎着蒙特卡洛的灯光眺望着海港平静无澜的水面。

　　迪莉斯略带忧虑地问：

　　"可终于能回家了，你一定……一定很高兴吧？"

　　"高兴？！回伦敦西北部的威尔斯登有什么好高兴的？而且还是从这里启程回去？"他指向虚空之地，仿佛大海和天空之间悬浮着一块闪亮、浪漫得不可思议的背景布。弗雷迪又叹了口气："发发慈悲吧，亲爱的！我猜你也知道自己把我迷晕了吧？我刚到这里的时候，还是一个无忧无虑、简单率直的小伙子，可现在你再看看我！雾里看花，神魂颠倒，不知所措。韦斯特马科特小姐，你可得对我负责。"

"我很抱歉。"

"你看起来可不像抱歉的样子！"弗雷迪哼了一声，低头望住她仰起的脸，露出苦闷的赞许之情。

"真的吗？那我看起来是什么样子？"

"难以置信，"弗雷迪深吸一口气，"美若天仙。"

迪莉斯笑了。

"一星期后你再想起自己说过的这话肯定会脸红到脖子根。"

弗雷迪争辩道："一星期后，我将坐在那寂寞的小单间里给你写一封十页长的信。"

她将他的手握得更紧了几分，她恳切地问道：

"你会给我写信的吧？"

"每天都写，直到我们再度相逢。虽然只有天知道，"他闷闷不乐地补充道，"那得等到猴年马月了。"

"我去了伦敦就能见了呀？"

"什么！"弗雷迪大叫一声，将她扭过来，几乎把她转了个趔趄，"你要来伦敦吗？你怎么不告诉我？为什么？什么时候？待多久？"

"其实我也不太清楚。但是内斯塔姑妈想把别墅出租至少6个月。我们很可能会在几周内去英格兰。她失去可怜的托尼，该有多悲痛，你可想而知。"

弗雷迪点点头，换了一种严肃的语气接着说道：

"是的——真是惨剧。我本来不想都说出来的，但现在突然说到这上面了……好吧，我还是告诉你吧。"

"什么？"

"他们今天早上在巴黎北站逮捕了那个可怜的狄龙。我猜他是想从那边偷偷穿越海峡回去。亲爱的，你知道吗，我忍不住为他感到遗憾。从各个方面看，他都受到了相当不公正的对待。他受的罪远比犯的罪来得多，不是吗？"

"那现在……"迪莉斯不高兴地问，"既然他们已经逮捕了他……"

弗雷迪耸耸肩。

"很难说。天晓得他可以说自己是受了太多刺激才痛下杀手的。这就是所谓的*激情犯罪*，不是吗？所以他们或许不会把刑判得太重。"弗雷迪第三次叹气，"真有意思，有些家伙受了重击，而另一些却……"他停下，缓缓摇了摇头，"不——也许我有点太乐观了。"

"关于什么？"

"关于你，亲爱的。你看，等你来伦敦的时候……"

"什么？"

"嗯，我在想咱们能不能……嗯，一起到处逛逛——

看看风景，看几场戏什么的。"

"为什么不呢？我一个人在伦敦会迷路的。"

"没错，但我是说……呃……正式地。你看，我想知道你和我是否……"弗雷迪咽了一下口水，稳住自己，然后脱口而出，"上帝啊，亲爱的，你真是让我神魂颠倒！你觉得我们能行吗？你觉得呢？我是说，呃……在一起。"

"你这是在求婚吗？不妙啊，听起来真像是求婚。"

"嗯，实际上……确实就是。"弗雷迪羞愧地小声嘀咕着。

"我也宁愿这是。"迪莉斯喃喃地说。

"那你……呃……你的回答是？"

她没好气地斜了他一眼。

"你可是大侦探，自然得自己找答案。"

"我自己找？怎么找？"

"通过运用你训练有素的观察力和推断力啊。"

弗雷迪晕头转向地看了她一眼，只见她仰脸微笑着，便不由分说地将她一把抱进怀里。

他喃喃地说："好吧！好极了，亲爱的。结案！"

图书在版编目（CIP）数据

帕洛玛别墅的秘密 / (英) 约翰·布德著；夏彬彬译. — 北京：中国青年出版社，2019.7

书名原文：Death on the Riviera

ISBN 978-7-5153-5712-6

Ⅰ. ①帕… Ⅱ. ①约… ②夏… Ⅲ. ①长篇小说—英国—现代 Ⅳ. ①I561.45

中国版本图书馆CIP数据核字（2019）第148394号

责任编辑：彭岩 刘晓宇

＊

中国青年出版社 出版 发行

社址：北京东四十二条21号 邮政编码：100708

网址：www.cyp.com.cn

编辑部电话：（010）57350407 门市部电话：（010）57350370

北京中科印刷有限公司印刷 新华书店经销

＊

889×1194 1/32 9.25印张 163千字

2019年9月北京第1版 2019年9月北京第1次印刷

定价：42.00元

本书如有印装质量问题，请凭购书发票与质检部联系调换

联系电话：（010）57350337